아직 사랑이 남았으니까

처음과 끝의 계절이 모두 지나도 ——— 아직 사랑이 남았으니까

동그라미 지음

알에이치코리아

미련, 하지만

그해 여름의 당신을 기억합니다.

여름 한낮보다 더 뜨겁게 사랑했지만,
여름밤보다 더 짧게 함께했던.

시간이 흐르다 보면
가을 지나 겨울 버텨낸 뒤에 그렇게 봄이 오면
또 한 번의 여름이 찾아오겠죠.

그렇게 얼마나 이어질지 모르는
매년의 여름에 허우적대다 보면

다시 또 사랑할 수 있지 않을까
착각도 하며 잊어보겠습니다.

이 책 속 모든 문장에 마침표를 찍게 될 어느 날까지
사랑하고 아파하려 합니다.

그리고 미련하지만 다시 사랑하려 합니다.

아직, 사랑이 남았으니까요.

미련한 마음들을 위해,

동그라미 씀.

Contents_

1장. 우리에겐 늘 사랑이 존재하니까

2장. 떠났다고 사라지는 건 아니니까

3장. 너 없는 사랑도 사랑이니까

4장. 내가 오래 기억할 테니까

5장. 다시 사랑하게 될 테니까

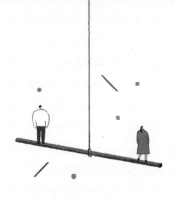

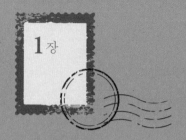

1장

우리에겐 늘 사랑이
존재하니까

언제 다시
볼까요

◆

내 마음을 모르겠다 싶으면 또 봐야지
내 마음에 확신이 생길 수 있게

우리 언제 다시 볼까

이런 고민을 하는 것 자체가 이미 네가
내 삶의 일부분이 되어가고 있다는 뜻이니까
고민을 그만두기로 했다

그렇게 무더운 여름을 더 뜨겁게 보내기로 했다
조금 식어간다고 해도 모를 만큼
타는 듯한 사랑을 시작했다.

맞닿은 손

◆

맞닿은 이 손 이제는 놓지 말자 무슨 예쁜 말로 표현하려 해도 입도 떼기 어려울 만큼 예쁜 당신이라서. 지구에서 올려다볼 땐 달이 작게 느껴지지만 가까워질수록 커지는 것처럼 우리도 가까워지자 내가 생각하는 당신은 달보다 더 크고 지구보다 더 소중한 사람이니까.

처음은
마지막

◆

처음 만난 날 너에게 팔찌를 선물했다 며칠 후 우리는 다시
만날 약속을 하고 있었는데, 너는 내게 그때 샀던 팔찌를 잃
어버렸다고 했다 다시 사면 그만이었다 무척 좋아하던 네 모
습이 내 머릿속을 스쳤고 그 길로 나는 팔찌를 다시 샀다 팔
찌 하나만 툭 하고 건네주기 민망해서 책을 한 권을 더 샀다
평소에 읽어보고 싶었던 책이라 내 것과 네 것을 하나씩 사
고 곧장 집으로 가 책을 읽다가 편지에 대한 문장을 읽었다.

편지를 써야겠다 그리고 네게 내 진심을 전해야지 이게 처음
이자 마지막 편지가 될 수도 있을 것 같다는 생각에 한참을
울었다.

편지

◆

언제부터였는지 아직도 잘 모르겠다 너를 처음 봤던 그날이
었을까, 너를 마지막으로 본 그날이었을까 언제부턴가 내 하
루를 온전히 네게 주고 싶더라 온종일 네 생각에 시간 가는
줄 모르겠더라 무슨 예쁜 단어로 네게 내 마음을 전해야 할
까, 무슨 말을 해야 내 진심이 네게 닿을까 한참을 생각하고
또 생각해봐도 내가 하고 싶은 말을 전하는 게 최선인 거 같
아 아직 많이 섣부른 말일 수도 있지만 표현할 수 있는 단어
는 이것밖에 없는 거 같네.
사랑해
내게는 온전히,
오직 너만을 위해 존재하는 단어가 되기를 바라

나의 너에게.

팔찌

◆

네가 잃어버렸던 팔찌는 네 방 화장대 틈 사이에서 나왔다고
했다 잃어버린 줄 알고 하나를 더 주문했던 덕에 네 것과 내
것이 생겼다 더 듣기 좋게 우리의 것이라고 하면 되겠다 내
손에는 맞지 않았던 팔찌라 나는 두 바퀴 반을 감아 반지로
썼다.

아무도 몰라도 된다
우리만 알면 되는 거니까
우리가 사랑이면 되는 거니까

각자 다른 삶
같은 하루 끝

◆

아침에 눈을 뜨고
각자 다른 삶을 살아도
늘 서로 같은 하루로 마무리하기를
늘 내 곁에서 당신의 하루가 끝나기를

온기

◆

우리는 헤어질 때 항상 다음을 약속하며 헤어졌다 언젠가는
다시 볼 거라고 확신했기 때문이었을까 우리에게 다음을 약
속하는 일은 숨을 마시고 내뱉는 것처럼 당연한 게 되었다
우리가 만나는 날에는 종종 비가 내리거나 구름 한 점 없이
맑기도 했다.

우리가 만나는 날의 날씨는 중요하지 않았다 여름날에는 더
위를 느끼지 못할 만큼 뜨거웠고, 추운 겨울이 오면 그동안
머금었던 온기로 따뜻하게 보낼 테니까.

핑계

◆

하루는 날이 좋다는 핑계로
또 하루는 날이 흐리다는 핑계로
오늘은 비가 올 것 같다는 핑계로.

네 하루에 관여하고 싶을 뿐이야
그렇게 일상이 되어 네 삶을 함께 살아갈 거고

표정 없는
초상화

◆

가끔 표정 없는 초상화를 그리곤 했다 표정을 그리기 싫어서
가 아니라 눈, 코, 입을 그리는 방법을 몰라서 사실 표정 없는
그림이 좋아 그리는 법을 배우려 하지도 않았다 내가 그린
사람의 표정을 마음대로 채워 넣을 수 있으니까 절대 슬픈
표정을 그려 넣지 않을 거니까 늘 행복할 수는 없겠지만 슬
픔이 사라지기를 바라는 마음으로 오늘도 표정 없는 초상화
를 그린다.

먼지

◆

나는 아파도 좋으니 나의 하루는 아프지 않았으면 좋겠다
나의 하루를 결정짓는 당신이 아픈 게 나에겐 더 아픈 일이
니까
네가 아프지 않을 수만 있다면, 그 일이 넓은 우주에서 먼지
보다 작은 무언가를 찾는 것이라고 해도 기꺼이 하겠다고,
할 수 있다고 약속한다
네가 아플 생각에 뒤척이며 매일 밤을 보내는 것보다는 네가
미소 짓는 날을 상상하며 넓은 우주 어딘가에 있는 무언가를
찾는 일이 더 좋을 테니까 더 행복할 테니까.

의미

◆

의미를 찾아서가 아니라 의미를 부여해서라도.

의미가 없더라도 그 자체만으로.

크림 아메리카노

◆

우리가 처음으로 단둘이 만나는 날이었다 평소에는 항상 사람들과 함께였지만 그날 오후만큼은 단 둘만의 시간을 보내기로 한 날이었다

우리가 자주 만나던 홍대입구역 8번 출구

미리 도착해 너를 기다리며 오늘 너에게 하고 싶은 말들을 머릿속으로 정리한다 셀프 카메라로 머리도 한 번 정리하고 밥집 위치도 다시 한 번 확인하는 사이 네가 도착했다 평범한 연인처럼, 그러나 특별하게 시간을 보냈다 우리는 간단하게 밥을 먹고 서점에 가기로 했다
근처 서점에 도착해서 서로 마음에 드는 책을 몇 권 고르고 네가 나에게 읽어보라며 추천해준 책도 사서 근처 카페에 갔다 늘 카페에 가면 우리는 아메리카노만 마셨다 가끔은 헤이즐넛 시럽을 추가해서 먹기도 했는데 오늘은 처음 보는 생소한 이름이 있었다

'크림 아메리카노'

정체는 잘 모르겠지만 너는 도전해보겠다며 주문했고 먹던
아메리카노에 휘핑크림을 올린 듯한 커피가 나왔다 한 모금
마시던 너는 실패했다는 표정으로 인상을 찌푸렸고 그 순간
눈이 마주쳤다 이유 없이 서로 미소를 터뜨렸고 나는 지금
순간을 사랑하며 살기로 했다 평범한 연인처럼 평범한 시간
을 보낸 그날을 사랑하며 살기로 했다 언젠가 너와 다시 그
카페에 가게 된다면 이번엔 내가 크림 아메리카노를 마셔봐
야겠다

그날 우리는 손을 잡았다
그런 당신의 손은 따뜻했다.

멈춰버렸으면

◆

이대로 시간이 멈춰버렸으면 좋겠다고 생각한다 생각해야겠다 생각이라도 해야겠다 이대로 시간이 멈추지 않더라도 이런 시간을 늘 당신과 함께 보내게 될 거라는 생각.

더위

◆

여름은 지나가지 않을 것이다
우리가 함께하는 모든 순간은 뜨거울 테니까

여름이 지나간다고 해서
날씨가 점점 선선해진다고 해서
우리가 식어가는 건 아니니까

모두가 더위를 보내고 난 뒤에도
나의 여름은 여전할 것이다.

8월 10일

◆

조금 많이 울었다
네 손을 잡고 걸을 수 있다는 사실에
네가 내 사람이라는 사실에

우리 헤어져도 결혼은 하자

헤어질
시간

◆

너와 온종일 함께하다 헤어져야 할 시간이 다가올 때면 괜스
레 마음 한구석이 아려온다 하지만 괜찮다 우리에게 늘 다음
이 존재하니까 우리에게 늘 사랑이 존재하니까.

초승달
보름달

◆

사랑인 줄 알았더니 행복이구나
행복인 줄 알았더니 사랑이구나
이 모든 게 당신이라니

탓

◆

하루는 내가 가장 사랑하는 사람을 원망했던 적이 있다 나를
가장 사랑해주고 늘 곁에 함께해주는 사람, 나의 부모님을.
왜 나를 이렇게 서투른 사람으로 낳아주셨는지, 내가 사랑하
는 사람 앞에서 나는 왜 한없이 부족하고 모자라기만 한 모습
인 건지 탓이라도 하고 싶었다 그냥 내 잘못임을 그냥 내 부
족임을 내가 가장 사랑하는 아무 잘못 없는 사람을 탓하고
있었다

그냥 그것까지 하고 싶었던 게 아닐까 싶다
내가 가장 사랑하고 나를 가장 사랑하는 사람을 탓해서라도
당신을 사랑하는 것.

자주
울었다

◆

나는 네 생각에 자주 울었다.

불안함에 울었던 밤, 행복함에 울었던 밤, 고마움에 울었던 밤, 사랑스러움에 울었던 밤.

불안함에 울었던 부천시청, 행복함과 고마움에 울었던 홍대입구역, 사랑스러움에 울었던 고척동.

함께 시간을 보내다 헤어져야 할 때가 다가오면 나는 불안해서, 행복해서, 고마워서, 사랑스러워서 울었다 나는 네 생각에 자주 울었다.

약속

◆

전하고 싶은 게 있어 그런데 이게 말로 설명하려니까 어디서
부터 어떻게, 무슨 말로 시작해야 할지도 모르겠고 행동으로
보여주자니 네가 알아주지 못할까 봐 걱정돼 결론부터 말하
자면 좋아해, 사랑해 네가 걱정하는 게 뭔지 잘 알아 내가 한
결같지 않을까 봐, 금방 변할까 봐. 나 약속할게 서두르지도
않을 거고 변하지도 않겠다고 약속할게 무모한 약속이고 지
키지도 못할 약속이라 여기는 게 더 현실적이지만 그래도 약
속할게 네가 안심하고 내 품에서 편할 수 있을 때까지.

순간

◆

보고 싶어요
보고 싶다고 말하는 이 순간조차도
못 참을 만큼 보고 싶어요.

구름

◆

구름이 솜사탕 같다며
사진을 찍어 보내주던
네가 얼마나 사랑스럽던지
네가 보내준 사진을 보고 있으면
솜사탕을 입 안 가득 넣은 듯 달콤했다.

습관

◆

사랑해요

매일 습관처럼 하던 말이라
하루 정도 안 한다고 해서 달라질 건 없겠지만
그래도 사랑한다고 말할게요.

욕심

◆

좋아해, 사랑해

네 시간을 나와 공유해줘서

네 계절을 나로 물들여줘서

내가 좋아하는 당신 곁에 머물게 해줘서.

우리 겨울에는 손잡고 걷자

그래야 봄이 오면 네 왼쪽 네 번째 손가락에

내 욕심을 전할 수 있을 테니까.

한여름의
감정들

◆

7월 12일

당신이 바다라면 난 파도가 될게요 당신이 달이라면 나는 기꺼이 어둠이 될게요 당신에게 난 일부분이어도 좋아요 당신 곁에 있을 수만 있다면 말이에요.

7월 14일

소나기처럼 아무런 예고 없이 왔다 가더라도 한껏 더위를 꺾어준 사람이기에.

7월 24일

요즘은 항상 네 꿈을 꿔 그냥 좋은 꿈일 거야 네가 함께한 꿈이 악몽일 수는 없지.
오늘도 네 꿈을 꾸겠지 우리 곧 보자 예쁜 내 사람아.

8월 5일

누군가를 사랑하는 일은 달다가 쓰다가를 반복한다.

8월 7일

당신과 나 사이의 온점은 사랑이라는 단어에만 찍혀도 충분하다.

8월 11일

우리는 이렇게 한결같으면 되겠다 때로는 둘도 없는 친구처럼 때로는 둘도 없는 연인처럼. 평생을 둘도 없는 친구이자 사랑하는 연인으로 살아가면 되겠다.

8월 12일

네 머리칼이 모여 나를 덮어주었다 내 머리를 쓰다듬는 네 손의 선율이 나를 안온하게 만들었다.

8월 13일

어른스러운 사람이 되고 싶어요 내가 사랑하는 사람이 내게 마음 편히 기댈 수 있을 만큼요.

8월 15일

우리, 함께, 늘, 영원히, 평생
당신에게 전하는 이 모든 단어 다음엔 항상 사랑한다를 붙일게요.

8월 20일

이토록 뜨거운 계절이 존재할 수 있는 이유는 당신이 있기에

8월 23일

눈을 마주 보고 있으면 괜스레 미소가 흘렀고 그런 당신의
눈이 좋아서 당신의 시선까지 사랑하게 되었다.

8월 24일

사랑받을 재주는 없지만 변하지 않을 자신은 있어요.

8월 24일

내게 당신은 봄이었다가 가끔 겨울이 되곤 하지만 봄이라서
가끔은 겨울이라서 좋았다.

그리고, 8월 27일

그 무엇과도 비교할 수 없을 만큼 내가 가진 모든 염원을 담
아서.

마지막 기록

◆

모든 순간을 기억할 수는 없을 테니,
내 기억 속 당신과의 모든 순간을 기록하려 한다.

기록 1 첫 만남의 어색한 공기

가장 돌아가고 싶은 순간이 있다면 우리가 처음 봤던 그날 당신에게 사랑받을 수 있는 사람이 되어 그 어색한 공기를 맡으러 가고 싶다 서두르고 싶지도, 섣부르고 싶지도 않았는데. 그랬다고 생각했지만 그러지 못했던 것에 대한 후회가 밀려온다 그랬다면 조금은 더 오랫동안 우리라고 부를 수 있지 않았을까 하며.

기록 2 손을 맞대고 있던 날의 온기

당신이 정말 사랑인지 고민하던 날이었다 확신이 필요했던 날이었다 지금 생각해보니 그런 고민을 하고 있다는 것 자체가 사랑이었다 다른 이유는 없다 우리는 이미 서로가 서로에게 그런 존재임을 알고 있었으니까.

기록 3 너를 보내고 내린 비

우리가 만나는 날에는 비가 유독 자주 내렸다 고척의 밤에도 비가 내렸다 많이 울었다 아프게 울었다 누군가를 사랑할 때는 자존심, 자존감은 뒤로 밀렸다 그래야 조금이라도 자신감이 생겼다 나를 믿어서가 아니라 더 이상 물러날 곳이 없었으니까 그날의 네 대답을 아직도 잊지 못한다.

"손이라도 잡을걸. 우리 결혼하면 울 일 없겠다. 누굴 먼저 보낼 일은 없을 테니까."

기록 4 어울리지 않은 것들로 행복했던 시간

서로에게 어울리지도 않은 것들을 사주겠다며 깔깔댔던 날이 있다 나에게 분홍색 잠옷을 선물해주겠다던, 너에게 분홍색 여행가방을 선물해줄 테니 우리 같이 이거 들고 여행 가자던, 큰 인형을 사줄 테니 오늘 들고 다닐 수 있겠냐며 아무것도 아닌 것으로 세상에서 가장 큰 행복을 느꼈던 그날을.

기록 5 크림 아메리카노

사랑은 사소한 곳에서 더 크게 느껴지는 것이라 느꼈던 그날, 나는 언젠간 크림 아메리카노를 마시러 그곳에 다시 가보려 한다.

기록 6 여름보다 더 뜨거웠던 손

너와 눈을 마주보며 이야기했다 나는 서두르지 않을 테니, 나는 이대로 너를 사랑할 수 있으니 네 마음에 확신이 생기거든 말해달라고 했다 그리고 우리는 손을 잡았다 다른 말은 필요하지 않았다 그날 서울의 온도는 37도, 우리는 서울보다 더 뜨거웠다.

기록 7 8월 10일

우리를 우리라고 부를 수 있게 된 날 그날 우리에게 다른 말은 필요 없었다 전부 사랑이었다.

기록 8 평생 울어도 좋을 것

울고 싶진 않았는데 눈물이 나던 날이었다 정확한 이유는 잘 모르겠지만 어쨌든 눈물을 들키고 싶지 않았다 애써 참아보려 해도 기어코 흘러 내렸던 날, 울지 말라며 입을 맞추어 주던 날. 평생 울어도 좋을 것 같다는 생각을 했다.

기록 9와 10 마지막 기록

네 사랑이 아니어도 좋으니
네 사람으로 남을 수 있기를

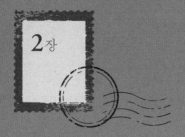

2장

떠났다고

사라지는 건 아니니까

처서 處暑

◆

이미

난

한 번

죽었다.

사랑이
아니더라도

◆

당신의 진심이 그거라면 난 받아들이려 해요 지금보다 상상할 수 없을 만큼 많이 아프고 힘든 시간일 거라는 거 잘 알지만 우선 우리 헤어지는 거예요 내가 진심으로 사랑하는 사람이니까 상대방의 진심을 따라주는 게 옳은 선택이라고 생각할게요 나 조금은 많이 아파하고 힘들어하고 있을게요 미안하지만 사랑해요 나 언젠간 다시 돌아와서 당신과 못다 한 이야기도 나누려 해요 그때를 기다려요 우리가 사랑이 아니더라도 부디 그런 날이 왔으면 좋겠어요

내 마음이 진심이듯
네 마음도 진심일 테니까.

떨림

◆

우리의 이야기를 할 때 언제나 나는 떨림으로 가득했다 이렇게 행복했던 순간도 언젠가 종지부를 찍을 것임을 알고 있었기에 우리 이야기를 하는 내내 나는 이별의 괴로움과 사랑의 떨림을 반복했다 아마도 우리의 이별은 내가 말하는 것처럼 그렇게 아름답지 않았기 때문이 아닐까 서로 죄책감에 시달리며 온몸에 멍이 들 정도로 아프게 될 미래를 인정하기 싫었던 거 아닐까 싶다

그걸 알면서도 그냥 서로 많이 달랐던 거라며 애써 괜찮은 척 거짓을 말하고 있었다 사실은 내 아픔은 전혀 문제될 일 아니었던 걸까 싶기도 했고 당신만 있다면 아무것도 중요하지 않았던 순간들이었는데 끝이 났다는 사실에 모든 것을 포기해버린 건 아닐까 싶기도 했다

우리의 끝에 떨림은 없었다 괴롭지도 그립지도 않았다 아무렇지 않았다 아무런 생각이 들지 않을 만큼 공허했으니까.

시간은 독

◆

가장 현실적인, 모든 사람이 아는 답이 있다 '시간이 약이다'
하지만 어느 순간부터 시간이 약이라는 말이 싫었다 실연의
고통은 비슷할지언정 같을 수는 없으니까 사랑했던 방법도
사랑했던 사람도 다 다르니까 그런데 어떻게 시간이 전부 해
결해줄 수 있겠냐며 그 말을 부정하고 그 사람이 떠난 모든
시간을 부정했다.

나에게 시간은 독 같았다 차라리 시간이 흐르지 않았으면 좋겠다는 생각도 했다 아파할 시간조차 없었으면, 괜찮다고 스스로를 위로할 시간조차 없었으면 좋겠다고 생각했다 그러다가 좋아하는 감정을 내내 숨길 줄 몰랐던 나를 탓하기도 했다 시간이 흘러 괜찮아진다는 건 마치 독이 서서히 온몸에 퍼지는, 몸이 굳어 감각이 사라지는 일과 같을 거라고 생각했다.

낙엽

◆

곧 낙엽이 떨어지겠지
땅에 떨어져 바싹 말라버린 낙엽은
스치는 바람에 살려달라며
소리치며 부서지겠지

누군가는 그 소리가 좋다며
떨어진 잎들을 밟고 다닐 테고.

적당한 날
적당한 핑계

◆

꽤 많은 시간이 흐르고 나면 적당한 날이 올 거라 기도라도
해볼게요 당신에게 난 어떤 사람으로 남을까 궁금해요 사실
그게 제일 걱정돼요 나쁜 추억으로만 남지 않았으면 좋겠어
요 언젠가 적당한 날 얼굴이라도 볼 수 있었음 해서요

적당한 날 적당한 핑계까지 있으면 좋겠어요 생일을 축하한
다거나 여기 우리 이야기를 담아뒀다거나 뭐 그런 시시콜콜
한 이유라도 만들어보려고요 적당히 잘 지내고 있어주세요
혹시 당신에게 행복이 찾아온다면 적당히 행복해하고 있어
주세요.

존재와 공존

◆

존재하지만 공존할 수는 없는
해와 달 같은 관계여도 좋다

시간이 지나 우리가 아주 잠시라도
마주 볼 수 있는 시간이 생긴다면
몇 번이고 그 시간을 견딜 것이다.

기념품

◆

여기 제 이야기를 담아둘 테니 언젠간 이곳에 당신의 이야기
도 담아주기를 바랍니다

시간이 꽤 흘러 서로의 이야기가 궁금해진다면 그때부터 우
리의 이야기를 만들어 담기로 해요

그동안 담아두었던 이야기는 여행에서 가져온 기념품처럼
하나씩 꺼내어 볼 수 있게, 더 예쁜 우리로 살아갈 수 있게
진열해두기로 해요.

**어쩌면
후회**

◆

시작은 다른 곳에서 했어도 속도는 같게 사랑해야 했다 아니면 당신이 나를 따라올 때까지 기다려야 했다 내가 당신을 사랑이라 더 많이 부를 수 있었다고 확신한다 당신이 나를 사랑으로 부를 때까지 내가 기다려야 했던 게 아닐까 지금에서야 후회한다 그럴 수 없었던 건 내 불안 때문이었음을, 매일 사랑을 느끼게 해줘야 한다고 착각했던 게 아닐까 지금에서야 후회한다

당신과 함께한 모든 순간을 사랑 속에 소중히 품으며 살아갈
테지만 어느 날엔 모든 순간을 후회도 한다 계산 없이 최선
을 다해 사랑했다고 생각하지만 어쩌면 당신에게 사랑을 강
요했던 것 같아 후회도 한다.

사랑하거나
살아가거나

◆

과거를 사랑한다 해도
과거에 살 수도 머물 수도 없다

과거에 대고 내가 할 수 있는 것이라곤
과거라는 사실을 미련하게 외면하는 것밖엔 없다.

넘치다

◆

내 넘치는 사랑에
네가 잠겨 죽은 것이라면

네가 떠난 자리에
넘쳤던 내 사랑이 남아 있을 텐데

네가 떠난 자리에서
나 또한 잠겨 죽을 수 있을 텐데.

우리의 이야기는
우리만

◆

우리의 이야기는 우리만 안다

너무 힘들고 지칠 땐 누군가에게 털어놓고 싶지만 그것도 한계가 있음을 곧 깨닫는다 아무리 슬픈 영화를 보고, 슬픈 노래를 듣더라도 우리의 이야기는 우리만 알 수 있으니까 그 무엇도 나를 그리고 당신을 대신할 수는 없으니까 그 누구도 알 수 없는 우리만의 이야기가 내일의 나를 살아가게, 내일의 나를 더 아프게 만들 것이다

가장 슬픈 건 시원해진 날씨가 이제 곧 차가워진다는 것과 차가운 바람이 불면 언제 그랬냐는 듯 다시 뜨거운 계절이 온다는 것, 그리고 그 계절에 다시 한 번 속으리라는 것.

달이 뜨는
입꼬리

◆

웃을 때 올라가는 입꼬리가 마치 손톱달이 뜨는 것 같은 사람이었다 존재만으로 행복인 사람이 내 앞에서 세상을 다 가진 미소를 지을 땐 어떤 단어로도 형용할 수 없을 행복과 설렘이 나를 두드렸다 난 그렇게 웃는 네가 좋아서 달의 입꼬리라도 훔쳐 네게 미소를 선물하고 싶었는데 아무것도 모르는 달은 여전히 웃고 있고 당신 입가에 오늘 어떤 달이 떴을지 나는 모른다.

빛

◆

이미 떠난 사람을 내 마음 한곳 어느 심해에서 붙잡고 있다
내게 빛이고 어둠이었던 사람이었는데 빛이 떠났다고 어둠
이 함께 사라지는 것은 아니었다 어둠만 있다고 한들 그리
큰 문제가 되지는 않는다 특별히 달라지는 건 없다 내게 빛
이 있고 없고 보다 중요한 건 네 존재 자체니까

한 가지 안심인 건 빛이 아예 사라지지는 않는다는 것이다
당신은 늘 빛으로 어딘가에 존재하고 있을 테니까

그 빛을 다시 찾는 건 내 몫이라 생각하며,
남겨진 희망이라 생각하며 어둠 속에 살고 있어야겠다.

온기 없는 세상

◆

그 누구의 온기도 느껴지지 않을 만큼 저 멀리 땅끝까지 무너져야겠다

두 번 다시 아무도 무너진 나를 세우지 못하게 아무도 내게 따뜻한 눈빛을 보내지 못하게 숨어버려야겠다

누구의 온기도 없는 세상에서 천천히 식어, 너 아닌 그 누구에게도 온기를 전할 수 없는 그런 사람이 되어야겠다.

마지막
그 표정

◆

나는 아직도 그날의 당신 표정이 생생하다.

"나 이제 집에 갈게."
네가 항상 귀가하던 시간보다 조금 더 늦은 저녁이었으니 당
연한 말이었지만 표정은 어색했다 네가 그런 표정을 짓지 않
게 해달라고 그 순간 신에게 간절하게 기도했다
원래 신이라는 존재는 필요할 때 찾게 되는 것이니까 신도
잘 알고 있을 테니까 이번 내 기도만큼은 이기적인 마음이라
도 용서하시라고, 부디 들어달라고 간절하게 바랐다

당신이 그 표정으로 떠나기 조금 전, 밖에서 울고 있던 당신의 쓸쓸한 모습이 내 눈을 가득 채웠다 무슨 일이냐고 당장이라도 달려가 당신 손을 잡아줬어야 했는데 그러지 못했다 내가 갈 수 없는 곳인 걸 고개를 떨군 당신의 모습에서 느꼈기 때문에, 변명이라도 해야겠다
당신이 내게 허락한 세계가 아니었으니까

그날을 기록하고 싶지는 않았다 이렇게까지 무너졌던 날은 또 없었기에, 그러나 아마 영원히 기억하게 되겠지.

기적에 체념

◆

당신과 함께했던 모든 순간을
기적이라고 표현하겠습니다

이미 한 번의 기적이
내게 찾아왔던 거라고 체념하며 살겠습니다.

아무도 없는
지하철

◆

아무도 없는 텅 빈 지하철을 탔다
앉지 않고 서서 갔다

공허하기 짝이 없는 마음을
스스로 채워나가야 한다는 사실이 너무 슬펐다
그래서 앉지 못했다
그 빈자리를 나로 채우고 싶지는 않았다

누군가 이 열차 칸에 와서
빈자리를 채울 걸 알기 때문이었을까.

병원 냄새

◆

병원에만 들어서면 코끝에서 맴도는 병원 특유의 냄새가 있다 나는 그 냄새를 참 좋아했다 누군가 어릴 적 나에게 그런 이야기를 해주었다

한 번 아팠던 곳은 다시 다치지 않을 거라는 말 틀린 말은 아니다 내성이 생겨서 한 번 다쳤던 곳은 잘 다치지 않는다고 한다 부러졌던 뼈도 붙으면 더욱 단단해지는 것처럼

그래서 난 병원 냄새를 좋아했다 내가 지금은 아파도 나중엔 같은 이유로 아플 일은 없을 거라 생각했다

아프다 아팠던 곳이 다시 아프기 시작하면 내성이 생긴 만큼 더 아플 수밖에 없다 사람을 만나는 일 또한 내게는 병원 냄새 같은 게 되었다. 만남은 언제나 달콤하고 이별은 언제나 쓰다 처음 커피를 마셨을 때의 쓴맛을 느끼려면 더 쓴 커피를 마셔야 하는 것처럼.

오늘은
유난히 더

◆

유난히 더 보고 싶은 날이면
일찍 잠에 들고는 했다

꿈에서 보자던 네 말이 생각나서
꿈에서 본 네 모습은 늘 여전해서

꿈 아닌 현실을 살아가기에는 너무 힘들어서.

부정의 힘

◆

괜찮은 척 노력하지 않으려고 합니다 애써 괜찮은 척하려 했던 모든 순간이 내겐 고통으로, 아픔으로 기억될 것 같습니다 그러니 더 아파하고 더 힘들어하고 더 망가진 모습으로 살아가려고 합니다 당신 생각에 울던 버릇도 고치지 않으려 합니다 억지로 더 아픈 방법만 찾아보기도 합니다

고작 사람 하나 내 곁을 떠난 것뿐이지만 앞으로도 슬픔에 잠겨 우울의 바다를 헤어나오지 못할 게 뻔하니 차라리 나의 존재를 부정하려고 합니다.

적막

◆

온종일 비가 내렸다 하늘은 내 기분을 대신하는 듯 우울해
보였고 그런 하늘의 마음을 조금이라도 덜어주고 싶었는지
우울한 하늘을 위해 비는 잔잔하게 땅으로 내려오고 있었다
비는 늦은 새벽까지 이어졌다 적막을 뚫는 요란한 빗소리는
마치 나를 대신해 하염없이 울어주는 것 같았다 덕분에 오늘
은 조금 덜 울어도 될 이유가 생겼다 평소처럼 울면 아침을
알리는 소리들마저 사라질 것 같았다.

비례

◆

꽤 많은 아픔이 지나갔다 죽을 것 같던 시간이 흐르고 죽지 않은 채로 죽은 듯이 살아가고 있다 죽을 듯이 힘든 시간이 좀 더 이어졌으면 했다 조금 괜찮아졌다고 느낄 때마다 내 곁에 남은 네 잔상도 사라지는 것일 테니까 결국 너를 잊는 일은 너를 사랑했던 내 모습을 지워야 하는 일이니까 미련하지만 그게 지금 내가 할 수 있는 유일한 일이라 믿는다.

나는 사라져도 좋지만 너를 사랑했던 내가 사라지는 건 싫다

하지만 시간이 흐르는 것과 네가 멀어지는 일이
비례한다는 사실은 별수 없이 인정해야만 하겠지.

떠나는 것들로
알게 된 것

◆

세상은 떠나고자 하는 것들로 가득 채워져 있다 가지 말라고
붙잡아보아도 결국 떠나는 것들, 그것들이 나를 좀먹고 있음
을 안다 그래도 나는 우리를 떠나보내지 못한다

그럼에도 불구하고, 꽤 오랜 시간이 지난 뒤에도, 당신을 통
해 나를 느낄 수 있었다는 사실만큼은 잊지 못할 것이다 인
간은 누구나 저마다의 이유로 살아가고 저마다의 이유로 죽
어간다 나의 이유는 당신이니까, 앞으로 계속 난 당신으로 살
아가고 당신으로 죽어가겠지.

애틋하거나
애처롭거나

◆

나는 네게 애틋한 사람이었을까 애처로운 사람이었을까 알고 싶었다 그래야 지금의 내가 조금이라도 덜 고통스러운 시간을 보낼 수 있을 것 같았다 과연 어떤 이유로 나를 품었던 것일까 왜 나에게 감당할 수 없는 것들만 남겨둔 채 떠나버린 것일까 분명 난 버텨내지 못할 것이다 너 없는 시간을 버텨낸 나는 더 이상 내가 아닐 것 같기 때문에.

꿈만 같은 꿈

◆

네 꿈을 꾸는 동안은
꿈 같은 순간들뿐이라
깨어날 때면 늘 아파하곤 했다

눈을 뜬 순간부터
쏟아낸 설움 때문에
현실은 마치 꿈처럼 흐릿했다

이럴 거면 차라리
꿈속에서만 살기를, 하고 바랐다
적어도 꿈속에서는
우리라는 관계가 아직이었으니까.

어쩌면
여전히

◆

흘러가는 대로 흘려보내기로 했지만
너는 생각보다 오래 그곳에 머물고 있다

어쩌면 겨울이 되어 얼어붙어도
여전히 그곳에 머물지도 모르겠다는 생각도 했다.

내일의 날씨

◆

내일은 날씨가 꽤 많이 추워진다고 하더라고요 이제 겨울이 오는가 봐요 옷 따뜻하게 입고 혹시 모르니 외투라도 하나 더 챙겨서 나가요

말해주고 싶었다 이 모든 게 네게는 넓은 오지랖처럼 들리겠지 앞으로는 어떤 핑계로도 더는 네 걱정을 할 수도, 말을 전할 수도 없을 것이다 아마 내가 너에게 전할 수 있는 말은 이미 소멸됐을 테니까

곧 이 추위는 나에게 익숙해질 테고 당신에게도 낯익은 날씨가 될 테지 그때가 되면 조금은 무뎌질 거라는 근본 없는 믿음은 갖지 않으려 한다 익숙해진 게 무뎌진 것은 아닐 테니까 내가 우리의 여름 속에서 더위에 무뎌지지 않았던 것처럼.

조금 더 혹은
조금도

◆

우리에게 남은 시간을 미리 알았더라면 조금은 덜 아프고 덜 고통스러운 시간이 될 수 있었을까 조금 더 애정 어린 표현과, 조금 더 자세히 기억나는 네 모습과, 조금 더 맛있는 걸 먹으러 다니는 일과, 조금 더 좋은 곳에 함께 갈 기회들이 있었을 것 같은데 조금 더, 정말 조금만 더 우리에게 추억이 있었더라면 조금 덜 아프지 않았을까 조금도 달라질 게 없었을까

어찌 됐건 이별은 조금 더 아프거나, 조금도 달라지지 않는 것뿐이겠지. 그렇겠지.

사랑해주지 않을 너를
사랑하면서

◆

내가 할 수 있는 노력이라고는 네가 사랑해줄 수 있는 사람이 되는 것, 내 모든 게 네게 맞는 사람이 되는 것밖엔 없었지 그렇게 하면 혹시라도 나를 사랑해주지 않을까 하면서, 아무리 노력해도 나를 사랑해주지 않을 너를 사랑하면서.

고비

◆

한순간 찾아온 고비를 넘기는 것이 무슨 소용일까
너는 매순간 나의 고비가 되는데.

환절기

◆

아마 환절기가 조금 길어질 것 같습니다.
감기 조심하기를 혹시라도 아프지 않기를 바랍니다.

8월 28일
너에게 사랑을 바란 적은 없었다 그저 내 곁에 있어주는 것
만으로도 나는 충분했다 그게 전부였고.

8월 28일
어쩌면 내가 당신을 사랑한다는 이유로 당신을 더 아프게 하
고 있었는지도.

8월 29일
내가 조금만 더 네 이상형에 가까웠다면 네가 좀 더 사랑을
줄 수 있는 사람이었다면 좋았을 텐데 이토록 아프게 이별하
는 일은 없었을 텐데.

8월 30일

조금 더 열심히 했었어야 했다 적당히 하라는 네 말에도 아랑곳하지 않고 미친 듯이 열심히 사랑했어야 했다.

8월 30일

잠시만 더 격하게 아파하려 합니다 우리 다시 만나는 날에는 당신을 절대 놓치지 않을 수 있게요.

8월 31일

눈을 뜨고 있는 모든 시간이 고통이었고, 숨을 쉬는 모든 순간이 싫었다.

9월 1일

"괜찮을 때 연락해."

너에게 더 이상 연락을 할 수 없을 거 같다 내가 지금보다 더 아플 각오를 하지 않는 이상. 생각했던 것보다 더 일찍 찾아와서인지, 생각했던 것보다 더 아파서인지는 잘 모르겠지만 더 괜찮아질 수는 없을 것 같다 미안해, 너무 사랑해.

9월 2일

조금 더 천천히 다가갔어야 했는데
내 감정을 전달하느라 바쁘다는 이유로 중요한 걸 잊어버리면 안 됐다 결국 내가 표현한 모든 감정은 당신에게 부담으로 돌아간다는 걸 모르는 척했던 건 아니었을까.

9월 2일

보낸 시간이 고작 한 계절뿐이라고 해도 또 모든 계절을 순간으로 느끼는 게 사랑이다.

9월 3일

공허함은 채워지지 않는다
빈 곳을 억지로 채울 이유도 채울 수 있는 그 무엇도 없으니
공허함과 공전하며 살아가야 한다.

9월 4일

여름보다 더 뜨거웠다고 말할 수 있다
여름보다 더 짧은 시간이었지만.

9월 5일

시들어버린 그 자리에서 꽃은 다시 피어날 것이다.

9월 5일

머릿속이 새하얀 백지장이 되어갈수록
뚜렷해지는 추억으로 기록된 순간들.

9월 8일

낮과 밤, 공허와 우울의 경계는 한순간에 허물어진다.

9월 9일

이제야 알겠다 당신이 썼던 문장들의 뜻을, 당신이 내게 어떤 존재였는지. 난 여전히 당신과의 미래를 그려본다.

9월 10일

곧 비가 내릴 거라는 사실을 알면서도 모른 척한다 비가 오면 그때 가서 생각해야지 하면서도 곧 비가 올 거 같다는 말을 입에 달고 있다. 공기는 무거워지고 비는 내리기 시작한다.

9월 11일

손만 뻗으면 닿을 것 같았는데 닿지 않는다
지나치게 고요했던 탓일까 조금만 훌쩍여도 내 세상은 전부 소란스럽다.

9월 12일

금방이라도 무너질 것 같은 것들은 무너지지 않고 잘 버텨낸다 그것들은 버텨낼 수밖에 없게 설계된 것들이기에. 그렇지 않은 우리는 금세 무너지고 만다.

9월 12일

누군가에게는 더위를 식혀주는 비가, 누군가에게는 그저 습한 기운에 옷만 눅눅하게 되어버린 비가 내렸다 당장이라도 옷을 벗어던지고 마른 옷으로 갈아입고 싶지만 그러기에는 가야 할 길이 너무 멀기만 하다.

9월 12일

보름이 지나가고 달은 다시 소심해졌다 달의 소심함에 밤하늘은 칠흑으로 가득했지만 빛을 잃은 것은 아니었기에 안심했다.

9월 13일

반점은 찍었지만, 온점은 어디다 두어야 할지 모르겠다
문장이 완성되려면 아직 더 많은 종이가 필요하다.

9월 14일

네가 있는 그곳의 하늘은 어떤지 모르지만 내가 있는 이곳의 하늘은 정말 예뻤다며 자랑하고 싶은, 노을이 지고 있다 어둠 뒤에 가려진 빛, 빛으로 밝혀진 어둠 중에 어느 쪽을 잃는 게 더 아플까.

9월 16일

떠나고 싶다는 기분은 어쩌면 사라지고 싶은 감정을 감당하지 못해서 생기는 착각이 아닐까.

9월 18일

나의 긍정과 부정을 결정짓는 건 당신의 유무였다.

9월 19일

우울함이 나를 집어삼켰다 뱉어낼수록 우울이라는 감정 상태에 무뎌졌다 어쩌면 그 자체가 되어갔거나 어쩌면 누군가 우울을 물으면 나를 가리켜 대답해도 될 만큼, 그만큼의 상태가 되어버렸다.

9월 21일

공기가 무겁다 날씨가 습해서 그렇다고 둘러대고 싶지만 사실은 들이마실 수 있는 공기가 없어서임을 나는 안다 숨을 줄여봐야겠다 무거운 공기도 느껴지지 않을 만큼.

9월 23일

긴 호흡을 할 것이다 가끔 숨이 멎을 것 같은 날이 찾아와도 억지로라도 호흡을 이어가야겠다 이 호흡을 멈추는 순간 난 소멸할 테니까, 내 존재의 의미가 사라질 테니까.

9월 23일

내 꿈속에 살고 있는 당신에게, 하고 싶은 말은 산더미인데 꿈은 너무 달콤하기만 하다 어떤 생각도 할 수 없을 만큼 비현실적으로.

9월 24일

문장을 썼다 지우기를 반복했다 담고 싶은 내용은 많은데 용기가 없어서 몇 번을 새로 써도 같은 문장이 반복되고 있다.

9월 25일

새벽이 눈을 감을 때쯤 당신은 눈을 뜨겠죠 당신에게 잘 잤냐는 안부를 자연스럽게 묻고 싶어요 걱정하지 말아요 우리의 시간이 어긋날 수 있게 내가 이제 눈을 감을 테니까요.

9월 26일

어쩌면 당신에게는 의미가 없었던 사랑이었을 수도, 당신은 우리의 관계에서 사랑의 의미를 찾지 못했을 수도.

9월 27일

어차피 견뎌야 했던 거라 생각했더니 마음이 편해졌다 한 번쯤은 더 아파야 했다고 되뇌었더니 충분히 아파할 수 있게 됐다 다행이다 이렇게 마음 편히 아파할 수 있어서.

9월 28일

극복할 수 있어야 아픔이라고 말할 수 있었으면 좋겠다 그럼 내 우울은 더 이상 아픔이 아닐 텐데, 네가 더 이상 아픔이 아닐 텐데.

9월 28일

이런 감정도 언젠간 괜찮아진다는 게 무척이나 싫었다 괜찮아진다는 건 아무렇지 않다는 것일 테니까 시간이 많이 지나도 조금은 이대로 계속 아픈 채로 살아가고 싶다.

9월 28일

쓸데없이 공기가 무겁게 느껴졌다 그 무엇도 내 곁에 둘 수 없다는 느낌과 그 무엇도 내게 과분한 것 같다는 생각이 머릿속을 스치고 나서야 공기는 한없이 가벼워졌다.

네가 내 곁을 떠난 지 벌써 몇 달이 흘렀다 계속 미련하게 내 곁에 네 잔상을 남겨놓고 아파할 것 같지만 환절기는 이쯤에서 그만 이어지는 게 좋을 것 같다 충분히 차가운 공기가 맴돌고 있으니 이젠 겨울이 되어도 될 시간인 것 같으니.

당신의 환절기는 어떨지 모르지만

부디 아프지 않았으면 합니다

곧 사랑할 수 있는 계절이 다가올 거예요.

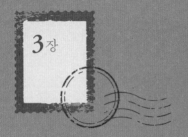

3장

너 없는 사랑도

사랑이니까

나의 죄명은

◆

나의 죄명을 착각이라고 정하자 누군가를 애절하게 사랑하다가 착각을 했다고 그래서 죗값을 치르고 있는 것이라고 탓해보자 그럼 내 모든 우울의 퍼즐은 맞춰질 것이다

잘 생각해보면 항상 사랑 없이 살아도 좋았던, 줄곧 그래왔던 내 세상에서 나는 사랑이 사라지는 것이 두려웠던 게 아니라 네가 사라진다는 것이 두려웠는지도 모른다 어쩌면 모든 것이 착각이었을 수도 있다

나의 죄명은 착각이었고
나의 죗값은 이별이었을 뿐.

10월 5일

◆

내 인생에서 얼마 되지 않는 날이라고 할 수 있을 만큼, 내 일상의 짧은 순간이었지만 그 시간은 내 삶에서 아마 어쩌면 내가 살아가는 동안 누군가를 사랑하는 동안에는 잊을 수도, 잊고 싶지도 않은 날들이에요 과거를 붙잡고 있기에는 핑계가 없고 당신을 그리워하기에는 시간이 너무 많이 지났어요 이제는 마음 편히 떠나요 종종 또 당신이 받지 않을 편지 몇 통을 적겠지만 보낼 수는 없겠습니다 보고 싶지만 더는 사랑하지 않아야 하겠죠 당신은 오늘처럼 매일이 행복하길 바랄게요 생일 축하해요.

공백과 여백

◆

우리 사이에 공백은 있어도 여백은 없었다
남는 공간 없이 작은 틈도 부족할 만큼
뜨거운 여름 공기처럼 숨 막히게 사랑했고

이후엔 구구절절 통곡했던
이별의 순간으로 가득 채워져 있으니

네 이름 속
여름은 여전히

◆

너의 행동이 최선이었다는 증거는
너의 이름을 되뇌는 일만으로도
식어가던 내 마음이 달아
다시 지금을 여름으로 만든다는 것과

그 어느 누군가에게도
받아본 적도 없고 받을 수도 없었던 감정을
내게 선물해준 사람으로 네가 남았다는 것

이 모든 게 착각이라도, 당신이 어떤 사람이라도
너는 내게 최선을 다했다고, 한 가지의 거짓도 없다고
믿을 것이다.

그냥이라는 이유

◆

여전히 J에게

볼 수 없다고 느꼈을 때보다
더는 무엇도 할 수 없다고 깨달았을 때보다
지금 당신이 조금 더 간절하다

애초에 이런 감정이었어야 했나 싶기도 했다
간절함이 부족했던 것은 아니었겠지만
지금과 별반 다를 것 없었겠지만

그냥 그런 날이다
그냥 문득 더 생각나는 그런 날
그냥이라는 이유로 전부 설명이 되면 좋겠다

당신이 사랑한
몇 개의 문장

◆

정곡 근처에 맴도는 몇 개의 문장에 모든 것을 털어놓고 싶었습니다 가끔 당신이 생각날 때 그 문장을 찾아 스스로 아파할 수 있을 테니까요 아픔으로 당신을 추억하는 미련한 짓을 언제든 마음 편히 할 수 있을 테니까요

당신이 사랑한 몇 개의 문장을 기억하고 있습니다 그 문장들에게 우리 추억을 하나씩 맡기겠습니다 언젠간 찾아가겠습니다 다만 언제 갈지 모르니 제가 맡긴 추억이 조금 더 아플 수 있게 아무도 열람할 수 없게 쓸쓸하게 놔둬주세요 저는 언제라도 당신 생각에 아프고 싶으니까요

나를 구원할 문장 하나쯤은 있었으면 좋겠습니다 모든 문장이 나의 허물이지만 가끔은 그 허물을 덮으며, 남아 있는 당신의 온기라도 느끼며 지낼 수 있게요.

어쩔 수 없는 것

◆

어쩔 수 없는 것이라 했다
누군가를 만나고 헤어지는 일
손을 잡고 길을 걷던 그 사람과 멀어져야 하는 일
헤어짐이 주는 솔직한 마음은 극히 자연스러운 것이라고
모든 것에는 저마다의 이치가 있는데 연인 사이의 이치는 이
런 것이라 했다

각기 다른 연인들 사이에 어쩔 수 없는 공통점이 있다면 어
쩔 수 없이 사랑에 빠지고 헤어짐의 과정을 밟아간다는 것이
다 그리고 어쩔 수 없이 언제가 될지 모르는 그 시간까지 아
파해야 한다는 것이다 그래서 어쩔 수 없이 난 지금도 당신
이다.

받는 이가
받지 않을 편지

◆

누군가에게 편지를 쓰고 싶어졌다
정확히 말하면 우표가 몇 장이 생겼다 그냥 놔두기는 아까워
생각나는 몇몇에게 편지를 쓰기로 했다 그러나 주소를 적어
보내려니 막상 아무에게도 보낼 수가 없었다

하지만 여전히, 정확히 기억하는 주소가 딱 하나 있었다
경기도 부천시⋯ 빈 편지지에 아무 내용도 써내려가지 못하
고 10장 가까이 되는 우표를 모두 붙여 서랍에 넣어두었다

부치지 못할 것이다
부칠 수 없을 것이다

받는 이가 받지 않을 편지는 그렇게 언제까지나 내 서랍에
갇혀 당신을 기억할 것이다.

꿈

◆

명백히 당신이었다

내가 아는 어떤 그 누구와도 같을 수 없기에 오늘 내 꿈속 그
사람은 명백히 당신이었다 사실 꿈에 당신이 나타나는 것쯤
은 대수롭지 않다 이별 후 서너 달은 당신이 없는 꿈에 놀랐
으니까 한 가지 묻고 싶었다 왜 항상 행복과 이별이 있는 그
때의 꿈만 꿔오다가 오늘은 왜 마치 끝난 드라마의 에필로그
처럼 우리의 뒷이야기가 내 꿈에 나온 것일까
내 내면의 깊은 바람이었을까 내 사랑이 아니어도 좋으니 내
사람으로 남아주길 바라던 나의 깊은 소망처럼 신앙심은 없
지만 신을 한번 믿어보고 싶다 그리고 신에게 묻고 싶다

당신은 왜 사랑을 만드셨느냐고.

보내지 못할 편지 I

◆

더위가 식은 지 얼마나 됐다고 생각보다 꽤 빠르게 추워진
것 같습니다 환절기가 있었나 싶을 정도로 차가워졌습니다
혹시나 하는 마음조차 가질 수 없어 이렇게 보내지 못할 편
지라도 가끔 씁니다 미안하지만 모든 날을 기억하고 있습니
다 미안하지만 미안하다는 말밖에 전할 수가 없군요 당신에
게 사랑받을 자격이 있는 사람이었다면 당신에게 꼭 맞는 사
람이었다면 좋았을 텐데 그러지 못해 너무 미안합니다

세상이 무너진 것처럼 힘들어하고 있을 때 누군가 이런 말을
하더라고요 버티지 못할 거 같으면 그냥 그 사람이 네게 처
음 했던 말이라도 믿으며 살아보라고
그렇게라도 버틸 수 있다면 당신이 우리가 처음 시작한 날
했던 그 말 하나만 곱씹어보겠습니다

"우리 헤어져도 결혼은 하자."

누구나 할 수 있는 말일 수도 있겠지만 저는 이 문장에 당분간은 모든 걸 걸어놓으려고요 다시 한 번 미안합니다 믿을 수 없지만 믿지는 않지만 저 문장만 품을 수 있게 허락해주셨으면 해요 만약 오늘 당신과 내가 우리였다면 우리에게는 조금 많이 특별한 날이었을 테니까요.

오직 내 기분을 위해서 보기만 해도 행복해지는 모든 단어를 당신에게 붙여보기도 하겠습니다 결국 보내지 못하겠지만 오늘도 편지를 씁니다.

지옥과 천국

◆

지옥과 천국을 결정짓는 단어들
지옥을 혹은 천국을 가본 적도 없고 그곳에 확신 또한 없는
이들이 그저 이곳을 지옥이라 혹은 천국이라 부른다 사실 별
것 없다 지옥과 천국은 인간이 만들어낸 하나의 핑곗거리이
자 버팀목이니까

내가 사는 세상에 지옥은 당신이고
천국 또한 당신이겠지.

보고 싶다는 말도
하지 못하고

◆

참 궁금해요

요즘은 어떤지 안부도 묻고 싶고 여전히 당신의 하루는 예전과 같은지 혹여나 아프지는 않았는지 당신의 환절기 끝에 나는 어떤 사람으로 남아 있는지 당신의 꿈속에 혹여나 내가 나왔다면 어땠을지 이것저것 많이 궁금합니다 결론은 보고 싶습니다 보고 싶고 듣고 싶고 같이 웃던 그 모든 순간이 그립습니다 다시는 못 볼 테지만 그래도 이렇게 당신 덕에 내게서 이런 문장이 지어집니다 이 모든 문장과 단어를 당신에게 보냅니다.

괜찮은 척하며
불쌍한 척하기

◆

역시나 오늘도 꿈이었다 내 안에 깊이 존재하던 무의식의 내가, 함부로 바라고 있었던 것들이 꿈에 종종 등장하곤 했다

그럴 때마다 속에 있던 응어리가 하나씩 풀려나가곤 했지만 꿈에서 깨어날 때면 또 다른 응어리가 생긴 것처럼 무거워졌다 꿈에서 깨어날 것 같을 때 오늘은 제발 꿈이 아니기를 빌어보기라도 할걸.

오늘은 네가 애써 괜찮은 척하지 말라는 말을 내게 했다 어쩌면 온통 거짓뿐인 말이다 난 괜찮은 척하고 있다고 생각했지만 사실은 나의 문장들에 기대어 세상에서 가장 불쌍한 척하고 있는 것이기도 하니까.

천 마리의 종이학

◆

겨울이다 가을이 남기고 간 냄새를 코끝 시리게 맡으며 얼어
붙은 손을 녹이는 작은 일에 행복을 느낄 수 있는 계절 그 말
은 또 한 번의 환절기가 지나갔다는 뜻이기도 하다 환절기를
이유로 지독한 감기를 끙끙 앓던 시기는 이제 끝났고 우리가
살았던 계절의 온도와 지금의 공기는 너무 달라 이 계절의
당신을 상상조차 할 수 없다는 뜻이다 사실 환절기가 뭐라고
핑계가 될 수 있었는지 겨울이 뭐라고 당신을 생각할 수 없
을 것이라 단정지었는지 무슨 이유로 이런 정의를 내리게 되
었는지 아무것도 모르겠다 하지만 한 가지 확실한 건 내가
지금까지 믿고 버틴 힘의 근원은 종이학 천 마리를 접어 소
원을 빌던, 그러면 그 소원이 이루어진다던 누군가의 간절한
소망과 같은 것이라고.

연습

◆

당신의 흔적이 남은 곳에 멈춰 서서 그대로 무너졌습니다 할
수 없이 떠올라버린 당신 생각에 무너지는 연습을 자주 합니
다 문득 떠오른 추억의 잔향에 치여 이대로 죽을 수도 있을
것 같습니다.

정처 없는
우울

◆

정처 없는 우울을 좋아한다 가끔은 그 감정에 스스로 빠져
죽기도 한다 더 우울해지는 방법은 알아도 덜 우울할 수 있
는 방법은 모른다 난 시계의 모든 침이 한 선에 맞물리는 그
찰나의 시간 동안만 네 생각에 가득 행복할 수 있을 테니 잠
시, 그때만큼은 우울을 좋아하지 않을 수 있기를 바란다 그
때가 되어서야 알게 되겠지만 아마 그게 내가 덜 우울할 수
있는 시간이지 않을까 생각한다 그 찰나의 시간이 지나고 나
면 오히려 더 우울한 시간이 될 수도 있겠지만.

당신을
담은 글

◆

계절이 몇 번 바뀌는 동안 그 사람이 아닌 다른 누군가를 생
각하는 글을 쓰지 못했습니다 그 사람과 몇 번이든 다시 헤
어질 수 있다면 좋겠습니다 조금 더 아파하며 내 문장에 그
사람을 담는 시간이 조금 더 길어졌으면 좋겠습니다 그렇게
조금 더 아파하는 시간을 갖겠습니다 당장은 누군가를 마음
에 담을 수 없겠지만 다른 누군가를 위한 글도 쓰며 지내겠
습니다 이제 곧 모든 나뭇잎이 떨어지겠군요 마지막 잎이 떨
어진다면 한 번 더 저랑 헤어져주세요 또 한 번 아픈 시간을
가져야 할 것 같습니다.

만약에
그렇다면

◆

내가 당신을 사랑한다는 이유만으로 당신도 나만큼 사랑해 달라며 애정을 갈구해왔을 수도 어쩌면 사랑한다는 이유만으로 뭐든 다 할 수 있을 것만 같은 내 밑도 끝도 없는 자신감을 당신에게 요구한 것일 수도 있다 그렇다면 내가 당신을 사랑하지 않을 수 있었더라면 지금의 당신과 나처럼 멀어지는 일 따위는 없을 수 있었을까 만약 그렇다면 난 처음으로 당신을 사랑이라는 이름으로 불렀던 일을 후회할 것 같다.

바람 불어오듯
비가 내렸다

◆

가방에 작은 우산 하나 챙겨 다녀야 하는 곳이다 오늘 비가
내린다면 우산을 꺼내지 않으려 한다 흠뻑 젖을 때까지 그냥
이대로 비를 맞을 것이다 가끔은 그렇게 내면을 바깥 세계와
만나게 해줘야 할 것 같은 기분이 든다.

모든 순간이
모여

◆

하룻밤의 우울은 한 곡의 노래 가사가 되고 당신과 함께 살
았던 모든 장면은 영화가 된다 그러다 시간이 지나면 너와
함께한 모든 순간이 모여 한 권의 책이 되겠지.

남 탓

◆

너의 온기에서 가끔 느꼈던 적막이 너무 무서워 아무렇지 않은 척하려 했다 괜히 눈치 없는 척해보기도, 네 앞에선 애써 웃어놓곤 자리를 피해 눈물을 훔치기도 했다 그게 무슨 소용이었을까 그때 네게 내 아픔을 털어놓았더라면 지금의 우리는 어땠을까 너를 보낸 후 내가 가장 후회하는 일이지만, 사실 달라질 것은 하나도 없겠지만 이렇게라도 탓을 해야겠다.

유난한
사랑

◆

유난히 넌 사랑스러운 날이었다 유난히 난 행복했던 날이었다 모든 것을 사랑이라 말할 수 있을 만큼, 모든 것을 사랑할 수 있을 만큼 유난했던 시간이 머물던 곳은 빈자리마저 유난스러웠다 누구나 다들 한번쯤 유난한 사랑을 가져도 괜찮을 것이다.

계절 여행가

◆

가능하다면 계절을 여행하는 여행가가 되고 싶습니다 내가 좋아했던 그 계절을 찾아 다시 한 번 여행을 떠나고 싶습니다 여름은 싫어하지만 할 수만 있다면 항상 그해 여름에 살고 싶습니다 싫어하던 날씨들에 대해서는 아무런 생각이 들지 않습니다 이 마음을, 사랑이 아니면 뭐라 설명하겠어요.

악습

◆

밤하늘에 네 이름을 수로 새겨 넣는 일을 자주 했다.

괴로운 존재와
그리운 존재

◆

참 그리운 순간이 많습니다 그날의 당신이 그리운 건 당연하
고 이별 후의 당신도 지금의 당신도 그리고 앞으로의 당신도
그리운 순간에 함께 추억될 겁니다 그렇게 아주 오랫동안 순
간을 그리워하고 미래마저 그리워하게 되겠지만 그래도 다
행입니다 계속 당신을 생각할 수 있어서요 그리운 존재로 과
거에 살아주세요 자주 들여다보겠습니다.

타임머신

◆

시간을 되돌릴 방법만 있다면 무슨 수를 써서라도 되돌리고 싶었다 이렇게나 아픈 이별을 할 바에는 차라리 당신이라는 존재를 알기 전으로 돌아가게 해달라고 당신을 사랑하기 전으로 돌아가고 싶었다 확실하게 말하자면 당신을 내 기억 속에서 지워버리고 싶었다 서로의 기억 속에서 서로가 사라졌으면 좋겠다 그럼 우리는 서로의 이름조차 모르게 되거나 다시 사랑할 수 있을지도 모르니까 서로의 기억 속에 서로가 없으니 우리가 정말 사랑이라면 기필코 다시 사랑할 수 있을 테니까.

미안합니다

◆

만약에 정말 만에 하나라도 내가 사랑한 사람이 당신이 아닌 다른 누군가였다면 이렇게 아프지 않았을 거예요 누군가에게는 첫사랑이 가장 깊게 사랑한 사람이기도, 처음으로 사랑이라는 감정을 느끼게 해준 사람이기도 하겠지요 결론부터 말하자면 당신은 내게 첫사랑입니다 가장 깊게 사랑했다 자부할 수 있고 사랑을 제대로 알게 해준 사람이라는 건 앞으로 제가 당신이 아닌 다른 누군가를 만나도 변하지 않을 거니까요.

앞으로 만날 누군가에게는 미안하지만 당신만큼 사랑할 자신이 없네요 제 첫사랑은 여기서 끝이었으면 좋겠습니다 이것보다 더 큰 사랑을 하다 이별의 순간이 찾아온다면 저는 감당하지 못할 게 뻔하거든요 그러니 더 큰 사랑은 없기를 바랍니다 그 누군가에게 미안합니다.

지나도
잊을 수가

◆

당신을 생각하는 것만으로도 막연한 우울에 빠지던 지난날
보다 지금 나는 괜찮아졌고 우연히 발견한 당신의 흔적에 무
너지지 않아도 될 만큼 시간이 지났다

그러나 그 정도일 뿐
잊은 건 아닐 테고 잊을 수도 없을 것이다.

다시, 이별

◆

우리 언젠간 다시 만날 수 있겠느냐고
묻는 일조차 하지 못했다
우리 언제 한 번 더 헤어질 수도 있는 거냐고
묻는 것 같았거든.

찰나의 순간

◆

찰나의 순간으로 당신을 사랑하게 됐고
찰나의 순간만큼 당신과 함께했다
그 이상도 이하도 아닌 딱 찰나의 순간 동안

당신이 내게 허락해준 그 짧은 순간이
내게는 너무 빛났던 시간이라 잊을 수 없을 뿐

붙잡지
못한
이유

◆

솔직히 붙잡고 싶었어요 내 욕심대로 끝까지 붙잡고 내가 지쳐서 그 사람과 자연스레 멀어질 수 있을 때까지 구질구질하게 붙잡고도 싶었어요 그런데 그런다고 해서 달라질 게 뭐가 있나 싶었어요 내게 마음이 떠난 사람인데 나를 더는 좋아해 줄 수 없는 사람인데 내가 붙잡고 있으면 그 사람은 나보다 더 아플 것 같았어요 정말 많이 사랑하는 사람이니까 그 사람이 원하면 이별도 당연한 게 되더라고요.

부터
까지

◆

너를 사랑한 것부터 내 잘못이었고
너를 사랑한 것까지가 내 최선이었지
우리가 헤어지게 된 건 당연했을지도.

조금 더 힘듭시다

◆

모든 걸 내려놓을 수 없다면 모든 것을 감당해야 하고 모든 것을 감당할 수도 없으면 모든 걸 놓아야 했다 내려놓을 수는 없어서 혼자 이 모든 걸 감당하는 척했고 나도 모르게 하나씩 놓치고는 했다 그러고는 떳떳하게 신에게 나 많이 힘들었으니 이제는 행복하게 해달라고 바라다니, 난 아직 조금 더 힘들어야 할 것 같다.

전언

◆

울고 싶다 예전처럼 당신 생각에 세상이 무너진 것 마냥 서럽게 펑펑 울고 싶다 시간이 지날수록 점점 메말라가는 스스로를 증오한다 혹시 신이 나의 우울을 걱정해서 그러는 것이라면 나는 아직은 조금 더 아파야 한다고, 나의 슬픔 따위를 걱정하지 말라고 전하고 싶다.

채워지지 않는
채울 수 없는

◆

떠난 당신의 빈자리가 채워지는 일이 없었으면 좋겠습니다 언제까지나 이곳은 당신의 자리로 남아 있기를 바랍니다 다른 누군가로 채워질 수 있는 곳이 아니길 바랍니다 당신에게 느꼈던 사랑을 다른 누군가에게서는 느낄 수 없었으면 좋겠습니다 다른 누군가가 당신의 빈자리를 채울 수 있다면 당신 아닌 누군가에게 이런 사랑을 줄 수 있다면 걷잡을 수 없이 무너질 것 같습니다 당신에게 쏟아부었던 사랑은 당신이라 가능했다고 믿고 싶습니다.

사랑이
없는
세계

◆

사랑이 없는 세계로 떠나게 해주세요

누군가를 사랑하는 일은
결국 누군가를 잃는 일이 될 테고
누군가를 잃는 일은
결국엔 실망과 아픔으로, 혹은 증오로
서로를 잊어야 하는 일이 될 테니까요

사랑이 없다는 조건으로
이별이 없을 수 있다면
오로지 죽음이라는 문턱에서
짧은 작별만 존재하는 세계가 있다면
그곳으로 저를 데려가주세요.

감정의 교차

◆

어떡하면 당신을 사랑하지 않을 수 있을까 어떻게 해야 당신
에게서 벗어날 수 있을까 당신을 미워도 해보고 그리워도 해
봤지만 많은 감정이 교차했지만 아직은 잘 모르겠다

지금 내게 남은 당신에 대한 생각이 미련인지 후회인지 다른
무엇인지 확신할 수 없지만 미련도 후회도 모두 당신을 생각
할 핑계들이라는 것.

연소

◆

내가 당신을 잊는 일에 앞으로 더 애타야 한다면 얼마나 더 타들어가야 비로소 당신을 추억이라 당당히 말할 수 있을까 스스로에게도 당당하지 못할 구차한 변명으로 얼마나 더 당신을 그리워해야 할까 몇 개의 문장들로 기록하고 싶었던 일이 셀 수 없이 많은 문장을 만든다 내게도 이리 부담인데 당신이라고 오죽할까.

안락한
아픔

◆

내가 할 수 있는 몇 가지 슬픈 이야기 중 하나가 당신과의 추억일 테고 가장 행복했던 이야기 중 하나도 당신과의 추억일 겁니다 무언가를 정의할 수 있을 만큼의 능력이 생기게 된다면 당신과의 시간을 가장 슬펐던 만큼 가장 행복했던 추억이라 정의하고 싶습니다 당신과의 이별에서 느낀 슬픔의 깊이와 행복의 깊이가 같아 그런 것이라며 그나마 마음 편히 무너질 수 있었으면 좋겠습니다 그렇게 된다면 당신에게 슬픈 한숨으로 남아도 괜찮을 것 같습니다.

나를 위한
착각

◆

내가 없는 당신의 하루는 아무렇지 않을 것 같았다 나와 달리 당신에게 환절기는 여름 내내 창고에 있던 조금 두꺼운 옷들만 꺼내 입으면 거뜬히 견뎌낼 존재일 것 같아서 당신을 미워할 것 같아서 어쩌면 당신은 아프지 않았던 게 아니라 내가 더 아플까 봐 괜찮은 척하며 지냈던 건 아닐까 싶었다 당신은 끝까지 나를 위했던 것이라, 나를 위해 이별을 선택했던 것이라 생각하기로 했다

나를 위해 당신을 이용한 몇 개의 착각들.

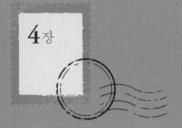

4장

내가 오래

기억할 테니까

다행입니다

◆

당신을 털어내고 남은 이 허물 같은 몇 개의 문장이라도 사랑할 수 있어 다행입니다 그해 여름의 당신을 이렇게라도 기억할 수 있어 다행입니다 모든 계절에 당신이 없어 다행입니다 우리가 우리였던 여름만 견뎌내면 내 계절에 당신의 흔적을 되새기지 않을 수 있을 테니까요

다행입니다 별것도 아닌 것에 의미를 부여한다거나 다시 사랑할 수 있을 것 같다는 착각을 하지 않아서, 그럴 수 있을 만큼 우리 사이가 벌어진 것 같아 다행입니다 이대로 당신과 나 사이의 거리를 핑계로 계속 당신을 그리워할 수 있을 것 같습니다.

나의 소원은

◆

한 가지 소원이 이루어진다면 어떤 걸 빌어볼까 고민했지만 과거로 돌아간다거나 미래를 바꾼다는, 결국 구원을 바라고 있었다 과거로 돌아가 당신에게 어울리는 옷 같은 사람이 되거나 당신이 사랑하는 사람이 될 수 있다거나 미래를 내 마음대로 바꾸어 당신이 다시 내게 돌아오는 기적이 이루어진다거나 지금 당장 생각한 몇 가지의 소원은 전부 당신의 구원이었다

나의 소원은 구원이요, 나의 구원은 당신이다.

최고의
사랑

◆

생에 몇 번의 사랑을 하게 될지는 모르겠지만
그 누구도 당신보다 더 사랑할 수는 없습니다

더한 사랑을 누군가에게 줄 수 있다면
내가 믿어왔던 당신을 향했던 마음들이
한순간에 무너져버릴 것 같거든요

그러니 부디 내 최고의 사랑으로 남아주세요.

숙취

◆

지난여름 마신 술에 속앓이를 반복하는 일이 일상이 되었습니다 몇 잔의 당신을 비워내야 숙취가 없어질지 모르겠습니다 이 알딸딸한 기분이 이어지는 게 그리 나쁘지만은 않아 조금은 그대로 있어보기로 합니다 당신 생각에 울렁이는 아픔을 게워낼 수 있었으면 좋겠습니다 제가 잠시 당신을 미워하려 했던 마음조차 비워졌으면 좋겠습니다 어차피 떠난 당신이니까 조금 더 시간이 지나 당신이 떠오를 때면 함께했던 모든 순간이 행복이었다는 걸 잊지 않을 수 있게요.

지난여름의 숙취는 좀 더 오래갈 듯합니다.

출처

◆

다음 생에도 내가 당신을 사랑하게 된다면 당신 때문에 기꺼이 나를 버리지 않아도 되는 곳이었으면 좋겠습니다 나를 버려가며 당신을 사랑하는 일은 당신에게 또 다른 나를 보여준 것일 테니까요 앞으로 몇 번의 생을 더 살아갈 수 있다면 몇 번의 생이든 당신이었으면 좋겠습니다 모든 생에게 시련의 순간이 당연하다면 제가 겪을 모든 시련의 출처는 당신이었으면 합니다.

행복의
기회

◆

마치 행복을 바라지 않는 사람처럼
모든 행복의 기회를 부정하겠습니다
내게 주어진 기회는 오직 당신이라며
당신 아닌 행복은 없다 단언하겠습니다

멍

◆

온갖 부정적인 생각을 하는 당신이 더 이상 입을 떼지 않았으면 하고 바랐습니다 당신 곁에 있는 나도 밀어낼 만큼 누군가에게 마음을 주는 일을 못하겠다던 당신이라기에 견딜 수 없을 만큼 아팠습니다 당신을 그렇게 만든 사람이 누굴까요 부디 저는 아니길 바랍니다.

무엇이 당신을 그토록 차갑게 만들었습니까
무엇이 당신을 그토록 멍들게 했습니까.

무의식

◆

당신을 잃던 일을 이제 그만두기로 했습니다 생각하지 않을
수 있다면 좋겠지만 그럴 수 없을 테고 그럴 수 있다 해도 분
명 무의식 속에 존재하는 기억일 테니까요 저는 당신을 잊으
려는 노력조차 하지 않을 겁니다 아팠던 것도 모두 잊지 않
으려 더 열심히 노력할 겁니다 당신과의 모든 추억을 잊을
생각도 없고 잊고 싶은 순간도 없습니다 당신은 내게 미안하
다 했지만 아뇨 제가 더 미안합니다 당신과의 모든 순간에
하나도 체념하지 못했거든요.

여전히
꿈

◆

당신이 내 꿈에 더 이상 나타나지 않을 만큼 많은 시간이 흘렀어요 그래도 말이에요 가끔은 놀러 와주세요 아직 당신이 그리워 떠나지 못한 몇 개의 미련들은 여전히 당신을 잊을 생각이 없는 것 같습니다 당신은 여전히 제 꿈이에요 그러니 부디 나타나 주세요 아직 꿈꾸고 싶은 제 미련을 위해서요.

시간의
반복

◆

몇 번째 겨울밤이었을까 정확하게 기억나지 않을 만큼 꽤 오
랜 시간이 흐른 날이었다 별것도 없고 별다를 것도 없는 일
상 속에 묻어나온 당신의 흔적을 가끔은 그리워하거나 슬퍼
하거나 하는 시간이 반복되며 이어졌다 그 속에 봄은 찾아올
것이지만 겨울은 봄을 받아들일 환절기를 견뎌내지 못할 것
이다.

다정한
탓에

◆

우리의 이별은 나의 부족함이, 모자람이 문제였던 거겠죠 당신이 잘못한 게 있다면 그건 아마 다정이었을 거예요 지나치게 차가운 당신이었지만 짧게나마 내게 다정을 준 순간 말이에요 그게 당신의 문제였어요 그 순간이 내겐 당신을 사랑할수 있는 이유가 되었으니까요.

부재

◆

가끔은 당신의 부재를 부정하고 싶어
내 존재를 부정하곤 했다
내가 없는 세상에서 당신의 부재는
얼마든지 수긍할 수 있을 것 같아서

아주 조금이라도

◆

그 어떤 누구라도 이별에서 사랑한 만큼 아파하는 건 당연하게 겪는 일 아닌가요 난 이만큼 당신을 사랑했어요 내 인생이 산산조각 나는 것쯤은 대수롭지 않게 여길 수 있을 정도로요 당신도 조금은 아팠다고 해주세요 아주 조금이라도 그래야 당신도 나를 사랑한 게 되잖아요 그거면 충분해요 만약 당신의 행동이 사랑이 아니었다면 앞으로 난 어떤 사랑을 믿어야 할지 모르겠거든요.

진열장

◆

돌아가고 싶은 몇 개의 장면을 한데 모아 진열하는 일을 자주 합니다 생각나는 순간을 모두 모아서 어떻게든 잊지 않으려 기록하는 일도 자주 하고 있습니다 그러다 보니 모든 순간을 기록하게 될 것만 같아 그냥 우리의 기억 모두를 잃게 해달라고 기도하게 되었습니다 모든 기억을 잃을 수 있다면 당신을 다시 마주치는 날에는 아무것도 모르고 당신과 다시 사랑에 빠질 수도 있을 테니까요 그땐 당신이 사랑하고 싶은 사람이 돼 있고 싶습니다 아마 다음 생은 되어야 이 소원이 이루어질 수 있을까요 그럴 수 있다면 좋겠습니다.

무인도

◆

나 당신이랑 아무도 없는 곳으로 도망치고 싶었어요 이기적
인 생각이지만 아무도 없는 곳에서는 당신이 나를 사랑해줄
것 같았거든요 당신에게 사랑받고 싶었어요 내가 준 사랑에
보답이 필요했던 것 같아요 나 참 이기적인 것 같아요 그냥
끝까지 이기적인 사람으로 남으려 해요

당신을 잊는 일은 못할 것 같지만 미련과 후회가 교차하는
시간에 당신을 가두는 일은 조금 더 해야 될 것 같습니다 조
금만 기다려주세요 금방 보내드릴게요.

기적

◆

내 사람이 내 사랑이 되는 것을 기적이라 생각하지 않았어야 했는데 당신이 내 곁에 있는 사람이라는 것만으로도 기적이라 생각할 수 있었어야 했는데.

연명 延命

◆

왜 아직도 당신은 내 꿈속에 살고 있습니까 어떻게 아직도
내가 가장 사랑했던 모습으로 내 꿈속에 존재할 수 있는 건
가요 혹여나 내 무의식 때문일까요 만약 그렇다면 당신의 의
지와는 관계없이 과거의 당신을 내 꿈속에 연명하게 만들었
네요 미안합니다 겉으로는 괜찮은 척하는 게 편해졌지만 깊
은 내면에서 당신은 여전히 사랑일 수도 있겠습니다.

죄가
된다면

◆

미련을 갖지는 않겠습니다만 그리워는 하겠습니다 제가 알던 당신은 그날 죽은 겁니다 이제는 존재하지 않는 사람인 겁니다 그래서 제가 할 수 있는 일이 이것밖에 남아 있지 않은 거예요 당신이 내 그리움 속에 묻혀 감당하지 못할 슬픔으로 부패하지 않도록 아주 가끔만 그리워할게요 혹시 나의 그리움이 당신에게 죄가 된다면 언젠간 당신에 대한 그리움이 사라진다면 그때 모든 죗값을 치르겠습니다 그럼 잠시 그리워하겠습니다.

내게 남은 슬픔을
당신에게

◆

어떤 말로도 설명할 수 없는 감정이에요 분명 당신이 행복하
기를 바라지만 내게 남은 슬픔만큼 당신도 힘들었으면 좋겠
다는 생각을 해요 당신의 행복은 내가 아니어도 괜찮지만 당
신이 아파해야 할 일이 있다면 그 이유는 모두 제가 되었으
면 좋겠어요 저를 죽도록 증오해도 돼요 당신에게 이 아픔이
아닌 다른 아픔은 없었으면 좋겠어요 부디 행복하세요 부디
잘 떠나가세요.

당신의 부재에 내게 남은 슬픔을 모두 비우겠습니다
당신의 삶에 아픔은 존재하지 않을 수 있게요.

해볼게요

◆

당신을 완벽히 잊기 전에
아쉬우니 한 번 더 슬플게요
아쉬우니 한 번 더 울어볼게요

당신을 완벽히 잊게 되면
당신을 잊으려 했던 나를 탓하며
슬퍼할게요 울어볼게요.

너무
늦게 알아서

◆

생각해보니 당신은 내게 사랑한다는 말을 한 적이 없는 것
같아요 당신은 내 사랑을 받아주려 애쓰던 착한 사람이었는
데 왜 이제야 알았을까요 당신에게 난 사랑보다는 연민에 가
깝고 연민보다는 동정에 더 가까운 존재였다는 걸요 조금만
더 일찍 알았더라면 당신에게 사랑을 이야기하지 않았을 겁
니다 조금만 더 일찍 알았더라면 이토록 차갑고 무서운 계절
을 피해갈 수 있었을까요 제 고백이 잘못되었어요 당신에게
나의 계절이 되어달라거나 내가 내뱉은 사랑의 말들 속 주인
공이 되어달라며 당신에게 고백한 내가 잘못되었어요

당신에게 나의 계절이 되어달라고 했었죠
환절기는 당신의 잘못이 아니니 미안해하지 마요

모두 내 잘못입니다.

잔적 殘跡

◆

당신에게 남은 나의 모든 흔적이 사라졌습니다 당신이 어떤
이유로 이제야 흔적들을 지웠는지 알 수도 없고 그리 중요하
지도 않습니다 그냥 당신에게 고맙다는 인사를 전하고 싶어
요 그동안 남은 기억들을 지우지 않아주어 고마워요 당신의
실수였든 아니든 남은 흔적 덕에 당신을 떠나보내는 시간
동안은 덜 아플 수 있었던 것 같습니다 이제는 놓아줘야 할
시간이 된 것 같습니다 부디 아프지 마세요 가끔 편지하겠습
니다.

보내지 못할 편지 II

◆

당신은 알고 있었겠죠 내가 이렇게 힘들어할 거라는 걸요 세상이 무너진 것처럼 울고 우울해하고 곧이곧대로 상처받고 지옥까지 상상할 사람이라는 걸 알고 있었죠 왜 그랬어요 이렇게 아플 거라는 거 알고 있었으면서도 왜 그랬어요 왜 헤어지자고 왜 사랑하지 않는다고 그랬어요 왜 그랬던 거예요 내게 남은 당신의 흔적을 찾는, 어리석은 일을 하는 게 아니었어요 이제는 꽤 무뎌졌을 거라고 괜찮을 거라고 예전처럼 쉽게 무너지지 않을 거라고 생각했는데 모든 다짐은 착각이었어요 무뎌진 게 아니라 일상이 돼버린 거고 괜찮아진 게 아니라 당연해진 거고 쉽게 무너지지 않을 거라고 생각했던 게 오히려 제겐 독이었어요 오늘은 다시 올 것 같아요 모든 걸 무너뜨리고 남은 자존심이나 자존감 따위를 다 버리겠어요 내게 남은 슬픔만큼 당신도 슬펐으면 좋겠다고 생각해 미안해요 아직 그럴 때는 아닌 것 같아요.

선물

◆

언젠간 버려질 몇 개의 선물을 당신에게 선물했었습니다 버려지거나 혹은 이미 버려졌을 몇 개의 선물에 저와의 추억들을 담아주셨으면 좋겠습니다 당신이 버릴 몇 개의 물건들에 담긴 추억은 제가 좀 가져가겠습니다 제가 기억하지 못하는 추억도 당신이 느낀 그날의 분위기도 전부 제 몫으로 돌려주세요.

행복한 가사
슬픈 멜로디

◆

기다려도 오지 않는 사람과 몇 번의 전화에도 아무런 대답이 없는 사람을 이야기하는 슬픈 노래를 들어도 공감되지 않아 슬프지 않습니다 당신을 기다려본 적도 그날 이후 당신에게 연락을 해본 적도 없으니까요 오히려 당신과 내가 함께 듣던 노래들이 내게 가장 슬픈 노래가 되어버렸습니다 내가 들었던 그 어떤 노래보다 더 행복하고 예쁘기만 했던 그 노래들이 이젠 제게는 슬프게 들릴 것 같습니다.

당신을
잊는 일

◆

당신을 잊는 일을 미루지 않으려 노력했어요 우리가 헤어진 날 당신을 당장 지울 수 있었더라면 당신에게 조금은 좋은 사람으로 남을 수 있지 않았을까요 며칠이 지나고 몇 달이 지나 몇 번의 계절이 흐르는 동안 잊으려 노력했어요 시간이 지날수록 당신의 증오가 나를 덮칠 것 같았거든요 아직 잊지는 못한 것 같으니 당신은 날 미워해도 됩니다 이왕 이렇게 된 거 당신을 잊는 일을 미뤄볼까요 그렇게 당신에게서 받은 미움조차 함께 더 오랜 시간 기억할 수 있지 않을까요 그렇게 하면 당신에게 어떻게든 기억되지 않을까요.

변명

◆

사랑이라는 이유로 뭐든지 할 수 있다는 건 거짓말인 줄 알
았어 그 범위 안에는 이별도 포함된 거니까 사랑하니까 이별
도 받아들일 수 있다는 건 솔직히 거짓말이라고 생각했거든
그런데 막상 때가 되고 헤어지고 나니 내가 그렇게 되더라
내가 사랑하는 사람이 나를 힘들어하고 있다는 사실이 얼마
나 비참하고 아픈 일인지 겪어보지 않아서 몰랐던 거야 난
너를 사랑해서 헤어진 거야 그때도 그랬고 지금도 그렇고 앞
으로도 그럴 거야

나를 사랑하지 않아서
당신이 떠난 것처럼
어떤 말을 늘어놔도
변하지 않는 사실이 있다.

계절이
바뀌어도

◆

그냥 많이 미안하단 말을 하고 싶었어요 당신이 나를 좋아하지 않을 수 있다는 것 알고도 시작한 내 잘못이니까요 당신이 미안해할 필요는 없어요 오히려 내가 미안하죠 만약 내가 그날 당신 없이는 살 수 없다며 기필코 당신을 붙잡으려 했다면 당신이 더 힘들어할 것 같았어요 그래서 놓아드렸어요 요즘은 어때요? 잘 지내고 있나요? 당신이 싫어한다던 겨울은 이제 끝자락에 접어들어요 몇 번의 계절이 바뀌는 동안 당신의 환절기는 무사했나요? 많이 아프지는 않았겠죠? 부디 무사했으면 좋겠어요 곧 계절이 한 번 더 바뀔 거에요 그때 완벽히 무사하셨으면 좋겠어요 그런데 나는 왜 아직 그대로일까요.

어차피
아무 사이도

◆

언젠간 당신 곁에 다른 사람이 머무른다면 아무렇지 않은 척
할 수 있을 만큼 충분히 아팠다 생각해놓고 아무렇지 않게
웃으며 축복해줄 수 있다 자신해놓고 그때엔 더는 당신을 밤
하늘에 그리는 일 따위는 하지 않겠다 다짐해놓고 결국 아무
것도 지키지 못했어요 그냥 대놓고 당신을 그리워해볼 걸 그
랬어요 나 어떡하죠 그냥 이대로 딱 한 번만 더 무너져도 될
까요 내가 뭘 한다고 해도 당신은 신경 안 쓸 거잖아요 어차
피 우린 아무 사이도 아니니까요.

당신이 아니면
누구를

◆

이 감정이 그리움이라면 당신은 아마 내 그리움 속에서 영원
히 살아가겠죠 혹시 이 감정이 사랑이라면 당신은 내게 사랑
으로 살아갈 거고요 어떤 감정이라도 상관없어요 어차피 당
신에게 난 이미 아닌 사람일 테니까 내가 당신을 어떻게 생
각하든 신경도 쓰지 않을 테니까요 미안하지만 당신을 어떤
감정으로 느끼든 수많은 내 감정 속에서 영원히 살아가게 내
버려두려고요 그런데 만약 이 감정이 사랑이 아니라면 나 어
떡하죠 나 지금껏 사랑은 하고 있던 걸까요 나 당신이 아니
면 누구를 사랑해야 하는 건가요.

다른 사랑
다르게 사랑

◆

당신이 누군가를 사랑하게 되거든 부디 나를 닮은 사람은 아니길 바라요 나와 다른 사람을 사랑하셨으면 좋겠어요 저와 조금이라도 비슷한 사람을 사랑하게 된다면 알 수 없는 패배감에 헤어나지 못할 것 같거든요 부디 저와 겹치는 것 하나 없는 사람을 만나 행복하게 사랑하세요.

이별의
몫

◆

이별에는 각자의 몫이 있고 누구의 잘못도 없는 것이라면 각
자 사랑한 만큼 아프고 아팠던 만큼 다른 사람과 행복할 몫
을 가져가는 것이라면 잘은 모르겠지만 우리의 이별이 당신
에게는 죗값 아닌 행복일 것 같네요 혹시 당신에게 벌은 저
를 만났던 것이었나요.

혹시나

◆

내가 사랑한 만큼 당신에게 사랑받길 바란 적은 없어요 나는
내가 주고 싶은 만큼의 사랑을 당신에게 드린 것뿐입니다 나
는 내가 하고 싶은 대로 했는데 왜 당신은 그러지 못하셨을
까요 내가 주는 사랑을 전부 부담으로 느끼셨을까요 당신이
받고 싶은 만큼의 사랑만 받고 돌려주고 싶은 만큼의 사랑만
돌려주셨으면 됐잖아요 아니면 혹시 나를 사랑하지 않았던
건가요 혹시나 그랬던 건가요.

나를 사랑하지 않는
나에게

◆

당신이 떠난 뒤에도 당신을 여전히 사랑한다 생각했지만 생
각해보니 내가 나를 사랑하지 않는데 내가 어떻게 누구를 사
랑해줄 수 있을까 내가 한 건 사랑이 아니라 미련 섞인 감정
들을 쏟아낸 일뿐이다 내가 나를 사랑하게 되는 날이 오거든
당신 아닌 다른 누군가를 사랑해야지 당신을 사랑하는 일은
내 사랑만으로는 감당해낼 수 없는 것들뿐이었으니까.

희망 고문

◆

알 수 없는 신비로운 힘으로 당신을 사랑하게 된 것처럼 다른 기묘한 힘으로 당신을 하루아침에 잊게 해주세요 완벽히 잊을 수 없다면 차라리 잊을 수 있다는 희망으로 고문당하지 않게 해주세요 사랑하는 일은 사랑하는 사람을 잃어가며 내가 침식되는 재앙이라 말해주세요 행복했던 추억은 더한 고통을 주기 위해 만든 고문이라는 걸 모르시나요.

몇 가지 이유를
만들어볼까요

◆

사랑에 이유가 필요했다면 수백 가지를 만들어서라도 당신을 사랑할 수 있었어요 그중 당신이 원하는 대답이 있길 바랐어요 하지만 당신이 떠난 이유는 단 한 가지였죠 나를 더이상 사랑할 수 없다는 것, 결국 나를 사랑하지 않았다는 것.

이유를 알려주세요 그날 왜 내게 입을 맞추었나요 왜 내게 그렇게 웃어준 거죠 왜 당신은 그날 눈물을 흘렸었나요 그러고는 어떻게 나를 사랑하지 않았다고 할 수 있죠 나보고 그걸 믿으라는 건가요.

이전으로
이 전으로

◆

과거로 돌아갈 수 있다면 우리가 헤어지기 전으로, 만약 조
금 더 먼 과거로 돌아갈 수 있다면 우리가 사랑하기 전으로
돌아갈래요 사랑이 깊어지기 전으로 돌아갈 수는 없을까요
사랑을 시작하는 일은 이별을 시작하는 일이라는 걸 조금만
더 일찍 알았더라면 어떻게 해서든 당신을 잃지 않기 위해서
이 사랑을 멈춰봤을 텐데요 그럼 당신은 내 사람으로 지금도
내 곁에 있지 않았을까요.

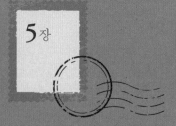

5장

다시 사랑하게
될 테니까

완벽히
잊는 일

◆

시간이 지나면 언젠간 잊힌다는 말은 온통 거짓투성이입니다 그저 무뎌지는 것일 뿐 잊히지 않습니다 열렬히 사랑했던 사람이 아니라도 지독히 미워했던 사람이라도 누군가를 완벽히 잊을 수는 없습니다

당신을 어떻게든 잊지 않을 수 있어서 다행입니다 이제는 당신과 내게 아무것도 남지 않는다해도 버틸 수 있을 것 같아요 이젠 마음 편히 떠나세요 고마웠습니다.

당신 없는
우리의 세상

◆

내가 당신을 떠날 수 없는 건 우리가 함께 만들어왔다고 생
각했던 세상에 당신은 없었기 때문입니다 어떤 방법으로든
잊어보려 해도 오로지 나 홀로 만든 세상이 전부였으니까 이
세상을 떠나고 싶다면 내 삶을 모두 무너트리는 방법밖에 없
었고 내 세상에 존재하지도 않는 당신을 지워내는 일은 너무
잔인한 것 같았습니다 당신이 존재하지 않는 우리의 세상에
나는 조금 더 살아보려고 해요.

증오하고
혐오하세요

◆

당신과의 이별에서 느꼈던 건 사랑하면 언젠간 헤어진다는
게 아니라 모든 것은 언젠간 헤어진다는 거였어요 사랑하지
않는 것들이 사라지는 것에 관해선 관심도 슬픔도 없는 게
사람이고 사랑하는 것들이 사라지는 것은 어떻게 해서라도
붙잡고 싶은 게 사람이니까 그래서 난 당신을 사랑해요 내가
하고 싶은 대로 당신을 백 번 더 붙잡아볼까요? 그럼 당신은
나를 미워할 텐데 그럼 나는 나를 미워하는 당신을 더 쉽게
잊을 수 있지 않을까요?

나도 모르게

◆

너를 만난 게 나에게 일어난 유일한 기적이었으니 너를 잃는
일은 나에게 유일한 불행이 되어야 한다 당신이 없는 세상을
견딜 수 없어 스스로를 불행하다 여겼고 우울함이 들끓는 어
둠 속을 스스로 걸어가야만 했다 그러지 않으면 당장이라도
사랑한다는 이유로 아무 죄 없는 당신에게 다시 내 감정을
강요하게 될 것만 같았다 나의 유일한 불행은 반드시 당신이
어야 한다 절대로 다른 이유여서는 안 된다 다른 존재가 이
불행을 만들었다면 나도 모르게 당신을 다시 사랑할 것 같으
니까.

쌓여가는 감정

◆

충분히 아파해도 되지 않을까요 억지로 괜찮은 척 아무렇지 않은 척 다 극복한 척하지 않는 게 더 좋지 않을까요 어차피 다 겪어야 할 아픔인데 마음 한구석에 놔뒀다가 찬찬히 보게요 한꺼번에 겪어내기는 너무 힘들지 않을까요 보기 싫다고 한구석에 쓰레기를 쌓아놓는 거랑 뭐가 다르다고요 정리하기엔 감정이 더 힘들 텐데요.

내게 당신은
여전히 현재

◆

우리에게 붙일 수 있는 모든 예쁜 단어들은 모두 과거형이잖
아요 그래서 당신에게 전하고 싶었던 말도 알리고 싶었던
마음도 전하지 않았어요 어차피 당신에겐 이 모든 게 부담스
러울 테니까 내게는 돌이킬 수 없는 후회로 다가올 테니까요
사실대로 말하자면 내가 마음속에 담아둔 몇 마디 말과 몇
가지 감정들을 당신에게 전하고 나면 당신을 잊어야 하는 명
백한 이유가 생길 것 같았거든요 어차피 당신에게 난 과거일
뿐이니까 당신의 현재는 내가 아니니까 당신에게 우리는 과
거일 테니까 하지만 어떡하죠 내게 당신은 여전히 현재인데.

당신이라는
구원

◆

내리쬐는 여름날의 햇볕과 당장이라도 짜증이 솟구치는 습기 따위는 아무래도 좋았던 날들이 있었다 문제는 그런 날들밖에 없었다는 것이다 모든 것이 아무래도 좋았던 건 당신이 내게 구원이라 믿었기 때문이었다 그랬던 당신이 떠나고 당신을 잃는 동안 소원하는 것들만 늘어났다 이 모든 소원은 오직 당신이어야만 한다는 게 날 힘들게 했다 이를테면 여름이 되면 당신이 돌아올 거라는, 믿어서는 안 되고 일어나지도 않을 기적을 멋대로 상상했다.

당신과 함께했던 순간은 그해 여름뿐이었지만 내게는 모든
계절이 다가올 여름을 위해 존재하는 것처럼 느껴졌다 고작
한 계절일 뿐인데 나는 내 모든 여름을 당신이라 여긴다 어
떤 것이라도 내가 갈망하는 소원은 절대 이루어져서는 안 된
다 나에게 구원은 당신일 테지만 당신에게 난 아무것도 아닐
테니까.

우울의 끝자락

◆

저물어가는 우울의 끝에서 무언가를 잊어버린 느낌이 들어 자주 뒤를 돌아보았습니다 무엇이든 당신과 관련 있는 것일 테니 잊으면 안 되니까요 이제와 보니 모든 것을 찾기 전까지는 우울의 끝자락에 위태롭게 서서 겨우 목숨만 지켜내는 꼴이 됐습니다 나는 도대체 얼마나 더 사소한 것까지 찾아야 당신을 잊을까요.

잊기로 한
계절

◆

아픔도 잠시 멈칫하는 걸 보니 꽃 피는 계절이 올 때가 되었
나봐요 당신이 떠난 뒤 모든 순간이 낯설었지만 당신과 함께
했던 계절에 당신이 없는 걸 느낄 때의 내 감정이 얼마나 처
량할지 막연해요 지난봄 끝자락에 당신을 좋아했고 지난여
름 끝자락에 당신을 사랑했어요 이번 봄의 끝자락부터 시작
입니다, 당신을 잊기로 다짐한 건.

두 시간짜리
영화

◆

한 편의 영화 같은 사랑을 하고 싶었다 첫 만남의 설렘 같은
것이 계속되지 않더라도 언젠간 헤어지게 되더라도 언젠간
다시 만날 거라는 믿음을 가질 수 있는 그런 사랑을 하고 싶
었다 가능하다면 사랑이 영원할 수 없으면 이별 또한 영원할
수 없다는 설정으로 한 편의 영화를 만들고 싶었다 무슨 말
을 더할 수 있을지는 모르지만 언젠간 당신이라는 영화를
꺼내어 보고 여운을 느낀 뒤 뒤돌아 추억하는 날이 올 것만
같다.

이기적인
사랑으로

◆

우연히 듣게 된 당신 소식에 이렇게 전부 무너질 거였으면
괜찮은 척을 한다거나 당신을 잊으려 노력한다거나 당신과
관련된 모든 것을 포기하려 하지 않아도 됐을 텐데 그냥 시
간이 흐르면 알아서 해결해줄 거라 생각하며 시간에 모든 책
임을 돌리면 안 될까요 나 솔직히 못 잊어요 못 버려요 안 괜
찮아요 어떻게 괜찮겠어요 그냥 이대로 있으면 안 될까요 어
차피 망가지는 건 나 혼자잖아요 어차피 당신은 신경도 안
쓸 테니까 나 이대로 있을게요 당신을 잊어야 하는 게 당신
을 위하는 일이라고 해도 안 잊을래요 조금 이기적이라도 용
서해주세요

너에게 어울리는 사람이 되고 싶었어

그 첫 번째 노력은 너를 닮아가는 거였지

너와 너무 비슷해진 탓일까

내 옆에 네가 없다는 것만 빼면 모든 게 완벽한데.

서두르거나
이미 늦거나

◆

사랑에도 준비가 필요하듯
이별에도 준비가 필요하다

이렇게 힘들 줄 알았다면 구질구질하게 붙잡아볼걸
헤어질 때 헤어지더라도 조금만 기다려달라고 할걸

나는 사랑한다는 말밖에 할 수 없는데
너는 사랑했다고 말할 수 있게 됐을 때

나는 사랑을 물었고
너는 이별을 답했다

달콤한
고통

◆

누군가를 사랑하는 일만큼이나 누군가의 이야기를 써내려가는 일은 달콤하다 하지만 써내려가는 일 말고는 아무것도 할 수 없는 몇몇은 분명 알 것이다 언젠간 내가 써내려간 우리 사랑 이야기가 행복을 추억하게 하다가도 어느 날엔 잔인한 고통을 느끼게 만든다는 것을.

비
걷히면

◆

온종일 공기마저 적적하게 만드는 빗소리에 섞여 울음을 토해내고 나면 그제야 우울은 걷히고 공허만이 남겠지 이 정도면 됐다 이 정도의 공허는 버텨내며 살아갈 수 있을 것 같다 그 어떤 누구로도 채울 수 없는 공허를 안고 아무도 사랑할 수 없는 사람으로 살아갈 수 있을 것 같다.

어떤 말로도
어떤 단어로도

◆

누군가에게 당신을 소개할 기회가 있었다면 내가 당신을 얼마나 사랑했는지 내 삶에 어떤 존재인지 당신이 조금은 알수 있지 않았을까요 당신은 내게 무슨 말로도 어떤 단어로도 형용할 수 없는 수백만 가지의 기분을 주는 존재라고 당신을 사랑하는 일이 나를 더 좋은 사람으로 만들었다고 알려주고 싶었는데 그러기엔 당신은 너무 멀리 가버렸네요 내가 쫓아갈 수도 없게 잔인한 몇 마디의 문장만 내뱉은 채로.

괜찮아요
아무렇지 않아요

◆

지금은 안 울어요 울고 싶어도 눈물이 맺히기만 할 뿐 흐르
지는 않습니다 오늘이 우리 헤어진 지 딱 일 년 되는 날이더
라고요 차라리 몰랐으면 좋았을 텐데 하필 오늘이네요 요즘
의 나는 당신 생각에 멋쩍게 웃기만 합니다 다행인 건지는
모르겠지만 저는 잘 지냅니다 혹시 전처럼 아직도 제게 미안
한 마음이 남았다면 이제는 괜찮아요, 저 이제 아무렇지도
않아요

이별로 인해 몇 달을 당신 생각에 울고
울다 잠든 꿈에서까지도 오직 당신뿐이라
눈을 뜨는 일이 울음을 터트리는 일이 됐었죠
괜찮아요, 저 이제 아무렇지도 않아요.

흔적

◆

당신에게 남은 나의 흔적이 있을까 아무도 모르게 말투가 변했다거나 습관이 생겼다거나 뭐 그런 사소하지만 대단한 것들 말이야 내겐 남은 전부가 너의 흔적인 것 같은데

너는 어떨까.

노력의
방법

◆

너의 모든 걸 이해하려 했던 결심이 내가 한 가장 큰 실수였지 너를 조금이라도 이해하지 않았더라면 너와의 이별에서 내가 조금은 덜 아플 수 있지 않았을까 너를 조금은 미워할 수 있지 않았을까 어쩌면 남은 모든 감정을 쏟아내고 너를 놓아줄 수 있지 않았을까 모든 걸 혼자 견뎌내지 않아도 되지 않았을까 미안해 아무리 생각해봐도 너를 사랑하는 방법이 잘못됐던 내 탓이야 아직도 너의 모든 걸 이해하려고 노력 중이야 그런데 있지 이건 사랑해서 그런 건 아니야 그냥 그런 거야.

우울하니까
우연이라도

◆

네가 좋아하는 것들로 가득한 공간에 어떻게 네가 없을 수 있지 그냥 우연이라도 좋으니 한 번만 마주쳐주라 다시 한 번 무너지고 싶다 다시 한 번 너의 이름으로 우울을 느끼고 싶다 그냥 한 번만 우연인 척 마주쳐주라 한 번 더 무너질 수 있게.

죄와 벌

◆

사랑하지 않아도 될 것들까지 사랑한 게 죄인가요 혹시라도
이 사랑이 죄라서 벌을 주시는 거라면 잘못 생각하셨어요 당
신을 사랑했던 시간으로 돌아가게 된다면 사랑하면 안 될 것
까지 사랑하게 될 테니까요.

내 모든
다정함을

◆

혼자 지내겠습니다 누구에게도 의지하지 않고 누군가를 바라며 신에게 기도하는 일 따위 하지 않도록 혼자 지내겠습니다 만약 신이 있다면, 그리고 그 신이 생에 한 번은 내 이야기를 들어준다면 저에게 남아 있는 모든 다정을 가져가주세요 나는 나를 죽이고 있는 나의 다정함을 증오합니다.

착각錯覺

◆

어떤 우울은 너무 가벼워서

나도 모르게 행복이라 착각하게, 사랑하게 돼.

점점 짙어지는데
당신을 숨겨볼까요

◆

매 순간 서로를 그리워하는 것도 어느 순간부터는 점점 흐려
질 테지만 그때까지 그리워하는 건 괜찮을 것 같아요 대신
각자 감당할 수 있는 만큼 그리워하기로 해요 누가 더 그리
워하게 될지 누가 더 아픈 시간을 보내게 될지는 잘 모르겠
지만 그리움에는 죄가 없으니까요 서로의 빈자리에 진 그림
자가 짙어질 때까지 잘 버텨봅시다 그럼 이만 잘 지내주세요

짙어지는 그림자에
당신을 숨겨보겠습니다
늘 곁에 존재하지만
사랑은 잊고 살 수 있게요.

J

◆

문득 당신을 처음 만난 날이 생각났어요 서로의 사이에는 분명 어색함이, 거리가 존재했어요 그날이 생각나요 가장 따뜻한 눈빛으로 가장 차가운 말을 하던 당신이 생각나요 당신이 떠나고 한참을 울었어요 아무도 없는 곳을 찾고 싶어서 어딜 가도 사람이 북적이던 그곳을 당장 벗어나고 싶어서 가본 적도 없는 곳을 찾아 아무도 없는 곳을 찾아 도망치듯 당신 곁을 떠났었어요 당신도 기억나죠? 기억 안 난다고 하는 건 거짓말인 거 아시죠? 첫 만남에 어떻게 앞으로 다시 만나지 않을 거라는 말을 할 수가 있었는지 나 솔직히 말해서 당신을 처음 만난 그날 첫눈에 반했어요 내 이상형도 아니었고 내가 좋아하는 것이라고는 고작 책을 좋아하는 사람이었다는 것밖에 없는데 첫눈에 반한 사람에게 그런 말을 듣는 저는 어땠을까요 그래도 우리 그날 이후로 꽤 자주 만났어요 그리고 꽤 깊게 당신을 사랑했어요 아, 그리고 당신 덕에 책을 더 많이 읽게 되었어요 책을 더 좋아하게 됐어요 고마워요 당신이 나를 넓게 만들어줬어요 언젠간 제 문장이 당신에게 닿을 수 있다면 좋겠어요 나 열심히 노력할게요 혹시라도 제 문장을 보게 된다면 작게 웃어주길 바라요 이거 전부 다 당신 이야기예요.

짧은
여행

◆

내 삶에서 당신을 추억한다면 아주 짧은 여행을 떠났던 것뿐
이라고 생각하면 될 것 같아요 여행이라는 건 당장 심장이
터질 것처럼 뛰어도 이상하지 않을 만큼 설레는 일이니까 당
신이라는 여행지에서 머물다간 시간은 짧더라도 소중할 수
밖에 없어요 돌아오는 길은 생각보다 길고 힘들었지만 또 때
가 되면 당신을 추억하는 일로 하루를 살 수도 있을 것 같아
요 고마웠어요 언제가 될지도 모르고 앞으로 오지 않을 것
같지만 당신에게로 다시 여행을 갈 수 있다면 잊지 않고 기
억해둘게요 당신이라는 여행지에서 사랑하는 방법을요.

헤어져도 됩니다
떠나지만 마세요

◆

일생에 열렬히 사랑할 수 있는 기회가 정해져 있다면 몇 번의 기회를 써서라도 당신을 사랑하는 일에 쓸 생각입니다 몇 번을 헤어지더라도 남은 몇 번의 기회로 처음부터 다시 사랑하려고요 당신이 아니면 안 될 것 같은 건 지금 이 순간만, 며칠만 버텨내면 무뎌지겠지만 그래도 일단은 열렬히 사랑합니다 헤어지는 건 괜찮습니다 제 삶에서 떠나지만 마세요.

아니잖아

◆

당신을 사랑해오던 어느 순간 당신은 감당할 수 없을 만큼 차가워졌지 그게 제일 큰 문제였어 사랑이라 믿었기에 그 감정 때문에 모든 걸 나 혼자 감당할 수 있을 거라 생각했거든 근데 생각해보니까 그게 아니잖아 나 혼자 사랑하면 되는 게 아니잖아 당신도 나를 사랑할 수 있어야 하잖아 왜 그때는 알려주지 않았어 당신을 사랑하는 건 나 혼자 할 수 있는데 우리가 사랑하는 순간은 혼자 할 수 없잖아 당신이 나를 사랑하는 줄 알았어 그냥 처음부터 보고 싶다고 하지 말지 안아주지 말지 손잡아주지 말지 그런데 생각해보니까 너는 나한테 한 번도 사랑한다고 한 적 없었네 생각해보니까 이거 전부 다 내가 착각했던 거구나

미안해, 오늘은 무너지고 싶어서 혼자 중얼거려봤어.

딱 그만큼의
사랑

◆

네가 없으면 안 될 것만 같던 날들도 당장 죽을 것만 같던 날
들도 아무 일 없었다는 듯 조용히 지나갔다 네가 없다는 이
유만으로 세상을 잃은 것처럼 슬퍼하고 당장 죽어도 태연하
게 받아들일 수 있을 것 같은 시간으로 가득했다 이제 와서
생각해보면 너와 나의 세상을 잃은 것뿐이었고 죽을 용기와
죽을 필요는 다른 거였는데

너를 위해 죽을 만큼은 사랑하지 않았어 내가 너를 사랑한
건 전부 나를 위해서야 그러니까 혹시라도 미안한 감정이 남
았다면 잊어 난 괜찮아 잘 지내고 있어.

이별離別

◆

"너도 사람이라면 나랑 헤어지고 한 번은 슬펐겠지. 다행이야.
우리 이제 정말 헤어지자."

설명이
필요 없는

◆

내가 느낀 게 사랑이 아니라면 이걸 뭐라고 설명해야 하나요
내가 당신을 사랑했던 감정 말고요 당신에게 사랑받았다고
느꼈던 감정 말이에요 이게 사랑이 아니라면 도대체 얼마나
대단한 게 사랑이란 말인가요 어떻게 이 모든 게 사랑이 아
니었다고 할 수 있나요 혹시 당신은 사랑이라는 감정을 몰랐
던 게 아닐까요 아니라고 해주세요 그래야 조금은 위로받을
수 있을 것 같으니까요.

나만큼 당신
사랑해주는 사람

◆

내가 당신을 사랑했던 만큼 당신 사랑해주는 사람을 만나기를 바랍니다 딱 내가 했던 만큼 사랑해줄 수 있는 사람을 만나셔야 해요 나보다 덜 사랑해주는 사람과 사랑하게 된다면 나 많이 비참할 것 같거든요 나보다 더 많은 사랑을 주는 사람은 더더욱 만나지 않으셨으면 좋겠어요 내가 줄 수 있는 최대한의 사랑을 당신에게 준 것인데 그것보다 더 큰 사랑을 줄 수 있는 사람이 있다면 내 사랑은 아무것도 아닌 게 될 것 같거든요 그러니까 부디 내가 사랑한 만큼만 사랑해주는 사람 만나서 행복하게 사랑해보세요 예전 같았으면 나만큼 당신을 사랑할 수 있는 사람은 나밖에 없으니까 다시 나랑 사랑하면 안 되겠냐고 물어봤겠죠 당신에게 자신 있게 말하지 못했을 겁니다 그냥 또 벽이나 바라보고 팔찌나 어루만지면서 안절부절못했겠죠 물론 당신이 허락해주었으면 좋겠다고 생각하면서요.

잘
지내나요

◆

모르겠다 너는 아무리 기록해봐도 완성할 수 없는 존재인 것
같다 여태껏 내가 기록했던 당신은 내가 아직 사랑하지 않은
사람이었으면 좋겠다 내가 기록했던 만큼 사랑했던 사람이
라면 오래도록 잊지 못할 사람이 될 테니까 말이야 그냥 다
필요 없고 사랑한다고 말해도 될까 아니면 좋아한다까지만
말해도 될까 그것도 아니면 잘 지내냐고 물어도 될까.

내 첫사랑의
기준

◆

너를 봐도 무너지지 않을 수 있는 날이 내 삶에 존재하긴 할까 타인의 시선에서 내 계절은 사랑이라기엔 너무 짧은 시간이고 내 모든 행동을 미련이라고 볼 수밖에 없을 테지만 아직 너보다 더 사랑할 수 있는 사람을 만나본 적이 없는데 내 첫사랑은 여전히 당신인데 내게 사랑의 기준은 당신이 되어야겠지 그래야 오랫동안 당신을 잊지 못하고 떠나지 못하는 것이 위안이 될 것 같거든 예전처럼 문득 떠오른 당신 생각에 무너지거나 당신 흔적에 마냥 오열하는 일은 없어 그래도 여전히 당신은 기준이야 언제까지나 내 첫사랑.

사랑할까요

사랑합니다

사랑할게요

사랑했어요

사랑했나요

사랑이 뭔가요?

이렇게 하는 거 맞나요?

이제 익숙합니다

◆

어느 날 누군가와 사랑에 대해 이야기하게 되거든 내 사랑은 온전히 당신이었다고 말할 수 있어요 물론 이별에 대해 말하게 되더라도 이야기는 모두 당신뿐일 겁니다 당신 없는 생활에 꽤 익숙해졌어요 당신 소식에도 무너지지 않고 버티지 않아도 될 만큼 충분히 괜찮아진 것 같아요 이제 봄도 곧 끝이 나겠죠 당신을 사랑하기 시작했던 계절에서 이제는 당신을 완벽히 보내줄 때가 된 것 같아요 이제 곧 거짓말처럼 여름이 찾아올 겁니다 당신 없는 여름은 이번이 처음이에요 많이 서투를 것 같으니까 이해해주세요.

불행과
행복 사이

◆

당신이 행복할 수 있는 방법은 당신이 제일 잘 알 테니까 당신이 행복할 수만 있다면 이깟 이별쯤은 아무것도 아닙니다 저는 신경 쓰지 마세요 다만 반드시 행복하셔야 해요 당신이 행복해야 우리의 이별이 괜찮은 게 되는 겁니다 당신이 행복하지 않으면 제가 이별을 받아들일 이유가 없잖아요 그냥 천년만년 제 곁에 당신을 붙잡아두는 게 더 좋았을 것 같다고 제가 착각하지 않을 수 있게 반드시 행복하셔야 합니다

내 불행이 당신의 행복이라도 괜찮습니다.

아마
그렇겠지

◆

기다리지 말아야 할 사람을 기다린다
다신 돌아오지 않을 당신일 텐데
어쩔 수 없이 찾아오는 무언가를 받아들인다
아마 가만히 있어도 찾아오는 이별 같은 것이겠지.

착한 척

◆

잘 지내고 계시죠? 가끔 들여다보고는 하는데 잘 지내시는
것 같긴 했어요 문득 생각난다면 연락 한 번 해줄 수 있나요
헤어지자고 한 게 미안해서 못하는 거라면 괜찮아요 좋아해
줄 수 없는 게 어떻게 미안한 일이 될 수 있어요 그냥 언젠가
연락 한 번만 해주세요.

보고 싶어요
보고 싶을 수도 있는 거 아닌가요?

하루아침에 당신을 잊는다거나
미워할 수 있을 거라 생각하셨어요?

만약 그랬다면 미안해요
나는 그렇지 못해요.

용서

◆

유독 누군가가 그리운 날이 있을 수 있잖아요 비 오는 날에는 우리의 첫 만남을 그리워하고 무더위가 찾아오는 날에는 우리가 우리였던 때를 그리워하고 밤이 되어 선선한 바람이 불어오기 시작할 때는 우리가 헤어졌던 순간으로 아파하는 것처럼 그 정도는 하게 해줘요 고작 한 여름만, 한 계절만 용서해주시면 되는 거잖아요.

잊는다는 게

◆

잊는다는 게 어디 말처럼 쉬운 일인가요 잊고 싶은 기억이
있다고 한들 잊고 싶을수록 더욱더 선명해지는 게 기억이고
더 그리워지는 게 사람인걸요

시간이라는 약이 언젠간 진통제가 되어 무뎌지게 해줄 때가
있겠죠 그때까진 잊을 수 없다는 건 우리 모두가 잘 알고 있
잖아요 그러니까 그냥 받아들이고 충분히 그리워하고 아파
합시다 그리고 때가 되면 잊어도 봅시다.

하소연

◆

사랑받는 느낌은 어떤 느낌인가요 저는 사랑받아본 기억이
없어서 잘 모르겠어요 혹시 특별할 것 없고 보잘것없이 가벼
운 기분인가요 그래서 그렇게 그 사람이 매정하게 저를 떠날
수 있었던 건가요 사랑해줄 수 없다는 이유는 사랑을 주는
사람을 그토록 비참하게 만들 수 있는 건가요 그럴 거면 애
초부터 제 손을 잡아주지 말았어야죠 처음부터 믿어보겠다
좋아하겠다 선언하지 말았어야죠 왜 그러셨어요 당신에게
사랑을 바란 적은 없었어요 사랑을 바라기 시작하면 더 큰
것들을 바라게 될까 봐 그럼 당신이 점점 멀어지게 될까 봐
겁이 났어요 이렇게 가슴 아픈 이별뿐이었다면 차라리 더 바
랄 걸 그랬어요 그래야 사랑받는 느낌을 조금이라도 이해할
수 있었을 텐데요.

일 년

◆

일 년의 시간 동안 당신에게 쓰는 글만 늘어놓다 보니까 이제 내 글이 네게 쓰는 글이라는 걸 눈치 챈 분들이 생겼어. 어떤 분이 이런 말을 해주시더라.

"얼마나 행복했으면 이런 생각을 할 수 있을까."

나 정말 많이 행복하긴 했었나 봐 너를 잃고 모든 게 불행이라고 생각했는데 네가 아닌 다른 사람들이 내가 너를 얼마나 사랑했는지를 알아주잖아 그럼 너는 당사자니까 분명 알았을 테지 내가 너를 얼마나 사랑했는지 그거면 됐어 말이 좀 길어졌지 오늘은 이만 보내줄게, 잘 자 예쁜 꿈 꿔.

너를 만난 건 행복이고

너를 잃은 건 불행인데

너를 가진 건 행운이었어.

말 한 마디

◆

헤어지자는 말 한 마디에
모든 게 끝날 수 있다면
사랑한다는 말 한 마디에
다시 시작할 수 있어야 할 텐데

그렇지 않으니까

당신이 어떤 말로 우리의 이별을 고해도
결국 내 이별은 스스로 마무리해야 하는 법이니까.

너를
미워하지 않게

◆

너에게 단 한순간이라도 나에 대한 감정이 있었다면 결국 우리의 이별을 후회할 거고 후회하는 네 모습을 보며 난 그제야 너를 미워할 것 같아 왜 지금에서야 후회하는 거냐고 왜 내 곁에 더 이상 머무를 수 없을 때가 되어서야 후회하는 거냐고 너를 미워할 것 같아 그러니까 너는 절대 후회 같은 거 하지 마라 네가 후회하는 순간부터 너를 미워할 수밖에 없을 것 같으니까 그냥 차라리 나와 아무 감정 없이 시작했던 거라고 이렇게 헤어져도 감정이 없으니 후회 따위도 하지 않는 거라고 해주라 이유는 묻지 말고 그렇게 그냥 떠나주라 부탁이야.

흔한 안부

◆

잘 지내냐는 흔한 안부조차 물을 수 없을 땐 어떡하죠 그냥
잘 지낸다는 말 한 마디만 들으면 모든 게 괜찮아질 것 같은
데 그 흔한 안부를 묻는 것이 마지막 연락이 된다면 어쩌시
겠어요? 마지막으로 잘 지낸다는 말을 듣고 나면 깨끗하게
잊고 살아갈 수 있을까요, 내가.

저주

◆

내가 사랑했던 만큼만
당신이 아팠으면 좋겠다고
내가 울었던 만큼만
당신도 울었으면 좋겠다고 생각했다

딱 그만큼의 고통과 눈물만
그렇게 당신도 무너졌으면 좋겠다고.

공존할 수
없는 곳에

◆

내가 아무리 기다려도 그 사람은 결코 나를 찾아오지 않을 걸 아니까 더 못 잊는 게 아닐까요 내 기다림에 혹여나 당신이 돌아와서 다시 사랑할 수 있게 된다면 어떨까요 우리 이별에 이토록 힘들지는 않을 테니까 언젠간 다시 만날 테니까 버텨보기로 마음먹지 않았을까요? 지금까지는 절대로 돌아오지 않을 거라 마음 놓고 떠난 당신을 멋대로 잊지 않고 있을 수 있었던 게 아닐까요? 당신이 돌아오는 순간이 정말로 내게 찾아온다면 저는 정말 두려울 것 같아요 또 이만큼 아파야 할 이유를 만드는 사랑이 될 것 같아서요.

그러니까 돌아오지 마세요 저랑 두 계절 정도 멀리 떨어져
절대 함께 공존할 수 없는 온도에 살고 계세요 그럼 저는 당
신이 지나온 계절에서 이 정도는 감기 같은 환절기라 여기며
잘 이겨낼 수 있을지도 몰라요.

보고 싶다고
쓴다

◆

사랑한다는 이유로 모든 걸 당신에게 맞추려고 했던 적도 있었지 이제 와서 생각해보니까 그게 가장 큰 문제였는 지도 모르겠어 당신이 사랑하려 했던 건 당신에게 모든 걸 맞추려는 내가 아니라 그때 그대로의 나였을 텐데 당신에게 보폭을 맞춰 걷는 일이 중요할 수도 있었겠지만 당신도 내 보폭에 맞춰 걸을 수 있게 기다려줬어야 했는데 괜히 당신을 위한다는 이유를 무기 삼아 당신을 더 힘들게 만들어버린 것 같다는 생각이 들어 안부는 묻지 못하면서도 잘 지내고 있을 거라는 확신도 없고 잘 지내라는 인사조차 할 수 없을 만큼 또 많은 계절이 지나고 또다시 여름이 찾아왔으니까 이제는 묻지 못할 안부를 어디에다 묻어둬야 하는 걸까 이제 어디에다 당신을 보고 싶다고 써야 하는 걸까 당신 잘 지내고 있지?

어떤 핑계로도 안부조차 물을 수 없을 때
그렇게 시간이 흘러 안부를 묻는 일도 아닌
행복의 여부조차도 알 수 없을 때
난 어디에다 당신을 보고 싶다고 써야 할까.

그렇게 일 년

◆

어차피 이제 당신은 내가 사랑할 수 없는 사람이니까 당신이 아닌 누군가를 만난다면 반드시 사랑하지 않아야겠다 모든 감정을 숨겨서 사랑하지 않는 척 평생 곁에 머물게 할 수 있는 친구로 남겨둬야겠다 당신을 처음 사랑하게 됐을 때도 이렇게 헤어지게 될 거라는 것쯤은 확실히 알고 있었는데 막상 이렇게 헤어지고 일 년 정도 되니까 이제 확실히 알겠어 내가 사랑하는 사람은 절대 사랑으로 구속하면 안 된다는 것 그래도 구속해야 한다면 차라리 우정이라는 틀에 구속해두어야 했다는 것 지금 당장은 그렇게 평생을 살아야 할 것 같은 기분이 들어 그해 여름 당신이랑 헤어지면서 잃은 건 당신의 존재뿐만이 아니야 당신이라면 더는 말 안 해도 알겠지 이제 또 한 번의 여름이 끝나간다 네가 사라지고 첫 번째 여름 그리고 나의 마지막이 될 여름을 닮은 사람, 오늘은 마치 꼭 우리가 헤어진 날 같다.

어떤 문장

◆

네가 자주 읽는 문장이 되고 싶었어 뼛속까지 차갑고 매정한 단어로 만들어진 그 문장이 당신에게 닿는다면 조금은 당신도 후회하지 않을까 조금은 기억해주지 않을까 싶었거든 아픈 글이 좋다던 당신이었으니까 우연히라도 당신에게 읽힐 문장이 되었으면 좋겠어 당신이 읽는 그 순간 그 자리에서 펑펑 울어버렸으면 좋겠어 우리 마지막으로 만난 그날처럼 네가 우는 걸 못 본 척하느라 가슴이 뭉개졌던 그날의 나처럼 펑펑 울어버렸으면 좋겠어

네가 좋아하는 것 중 하나가 되고 싶었어
그럼 당신이 나를 아껴주겠지
조금은 나를 알아가려고 하겠지 생각하면서
그 일에 나를 버리는 것쯤은 대수롭지 않았어.

당신이라는
계절

◆

당신의 온기가 남아 있던 계절이 지나가고 당신과 내가 서로를 그토록 원했던 계절이 다시 찾아왔다 당신 없이 한 번의 여름을 보냈고 이젠 체념의 가을이 찾아오고 있다 일 년 동안 있는 힘껏 아파하고 그렇게 당신과의 과거와 헤어졌다 이젠 내가 누군가를 사랑해줄 자신이 생겼다 아팠던 만큼 내모든 애정을 담아 꽉 안아줄 수 있을 것 같다

어떤 계절은 너무 당신으로 가득해서
다시 그 계절이 돌아올 때면
다시 사랑할 수 있을 것 같은 착각이 든다.

잘 가요

◆

어떤 날은 당신이 사무치게 그립기도 할 테고 어떤 날은 당
신 소식을 들어도 아무렇지 않을 수도 있겠죠 이게 당신을
생각하며 쓰는 마지막 문장은 아닐 테지만 당신에게 보내는
마지막 편지 정도라고 생각해주세요 어쩌자고 당신을 사랑
해서 어쩌자고 이렇게 많은 문장을 지었는지는 모르겠지만
언젠간 당신이 이 문장들을 읽게 된다면 알아주세요 이거 전
부 당신 이야기 맞아요.

우리 다시 만나지 말아요 그냥 당신은 이만큼 당신을 사랑해
준 사람이 있다는 거 그거만 기억해주세요 사랑했어요 잘 가
요 어디에 있든 무엇을 하든 응원할게요.

아직 사랑이 남았으니까

1판 1쇄 인쇄 2018년 11월 14일
1판 1쇄 발행 2018년 11월 22일

지은이 동그라미

발행인 양원석
본부장 김순미
편집장 최두은
책임편집 이정미
디자인 RHK 디자인연구소 마가림, 김미선
일러스트 오하이오(Ohio)
해외저작권 황지현
제작 문태일
영업마케팅 최창규, 김용환, 정주호, 양정길, 이은혜, 조아라,
　　　　　　신우섭, 유가형, 임도진, 김유정, 우정아, 정문희

펴낸 곳 ㈜알에이치코리아
주소 서울시 금천구 가산디지털2로 53, 20층 (가산동, 한라시그마밸리)
편집문의 02-6443-8827　　**구입문의** 02-6443-8838
홈페이지 http://rhk.co.kr
등록 2004년 1월 15일 제2-3726호

ISBN 978-89-255-6508-8 (03810)